U0006149

GOBOOKS
& SITAK
GROUP©

GOBOOKS
& SITAK
GROUP©

三日月書版

三日月書版

輕世代
FW297
三日月書版
卷五
沉默之夜
四隻腳

目錄 ディレクトリ

沈默
待業中。人類。

尉遲九夜
職業不明。身分不明。

第一章

醉

瓦斯燃著小火，砂鍋燉著清湯。

湯水早已經沸騰，我望著水面上那一個個此起彼伏的小水泡發呆，直到沸水漫溢出來，燙到了手指，這才驀然驚覺，趕緊關了火。

「阿夜，我煮了點桂花蓮子湯，你要不要……」

我端著砂鍋走出廚房，話才問到一半，便戛然而止。

九夜一臉倦容地閉著眼睛，靠在窗邊的籐椅上。

這段時日以來，他經常會這樣閉目養神。

我記得他曾經說過，其實他並不需要睡眠，只有當被傷到元神的時候，才會需要靜養來恢復靈力，就好比之前白澤一直趴在狗窩裡睡覺一樣。

「小默默！你看你看！我和球球想要做個彩色……」

阿寶興奮地捧著一把花花綠綠的糖果紙，一蹦一跳地跑過來，立刻被我制止了。

「噓——小聲點。」

我放下砂鍋，摸了摸阿寶的腦袋，輕聲哄道：「阿寶乖，你帶著球球去院子裡玩，等一下我做巧克力布丁給你吃，好嗎？」

阿寶眨著一雙圓溜溜的大眼睛，看看我，又回頭看了看正在閉目養神的九夜，懂事地點了點頭，說：「好，阿寶帶球球去院子裡玩。」

「嗯，阿寶真乖。」

我笑了笑，從口袋裡摸出一支草莓棒棒糖遞給他。

阿寶拿了棒棒糖便帶著影妖離開了。

而白澤一早就出門，也不知道去了哪裡，空蕩蕩的客廳頓時安靜了下來。

初夏的陽光帶著微薰的暖風，穿透屋前榕樹鬱鬱蔥蔥的枝葉，悄無聲息地鋪灑進來，在大理石窗臺邊落下疏離搖曳的淡淡光影。

九夜似乎睡著了，神情安逸，呼吸均勻，白皙俊美的面容籠罩在一層柔和而恍惚的暖光之中，顯得格外賞心悅目。

我佇立在五步之遙，心中帶著一絲疼痛又酸澀的滋味，默默凝視著眼前那張再熟悉不過的面龐，隨後，連自己都不知道為什麼，竟然鬼使神差般地走過去，緩緩俯下身……

「小默。」

耳邊忽然響起一聲低喚。

我一下子回過神來，趕緊抬起臉，卻被一隻手拉住，頓時整個人往前踉蹌。

「想趁我睡覺的時候偷偷吻我，嗯？」

九夜仍舊慵懶地半靠在籐椅裡，一手牢牢圈著我的腰不放。明媚的陽光下，只見他稍稍歪著頭，像是偷吃了糖果的孩子一樣，笑得得意又狡黠。

「才才才……才沒有！不是你想的那樣！」

我立刻大聲否認，說出來的話卻心虛得結結巴巴。

九夜挑了挑眉，嘴角一揚，輕聲笑了起來。

我尷尬地紅著臉，低下頭，不敢與他目光對視，沉默良久，又輕聲喚了句。

「阿夜。」

「嗯？」

「左眼……還痛嗎？」

「早就不痛了。」

九夜低頭注視著我，眼神出奇地溫柔。

也許因為不是凡人的緣故，九夜的瞳眸原本就要比普通人類更為漆黑深邃，可是現在……左眼的光澤明顯黯淡了下去，蒙上了一層淡淡的灰霾。

我心口一陣絞痛，難受得什麼話都說不出來，只能用力咬著嘴唇。

「小默，別這樣。我說過很多遍，你不用自責，你並沒有做錯什麼。」

九夜微笑著，溫柔地將我摟進懷裡，摸著我的頭髮，淡淡地在我耳邊說道：「而且，我也跟你解釋過，我的身體和人類不同，恢復能力比你們強很多，千百年來生活在這人世間，其實大部分傷口都可以自動痊癒。這隻左眼只是傷得比較重，需要恢復的時間長一點罷了，所以，你完全不必擔心，也不用這麼難過。」

安慰的話語在耳邊落下，仍舊是九夜一如既往泰然自若的平淡風格，就好像什麼事都不曾發生過一樣，可是，我無論如何都無法釋懷。

只要一想到那天的情形，只要一回想起當時九夜閉著眼睛血流不止的樣子，就感覺心口疼得要命。

「阿夜，今生今世欠你那麼多，我要怎麼還……」

我伸出雙臂，緊緊擁抱住他。

九夜揉了揉我的頭髮，說：「那就罰你這輩子都煮飯給我吃吧。」

「好！哪怕下輩子也可以，生生世世都可以！」

我點點頭，回答得如同錚錚誓言。

看到我一臉認真嚴肅的樣子，九夜忽然輕聲笑了出來，促狹道：「哦？生生世世都可以？這麼說，按照你們人類的習俗，你打算要嫁給我了？」

「欸？什麼？嫁、嫁給你？」

我一愣，還沒反應過來，就突然聽到背後傳來一聲乾咳。

「你們兩個真是夠了，實在噁心得讓人聽不下去！」

我嚇一跳，猛一回頭，不知何時白澤居然已經回來了，正抱著雙臂斜倚在玄關，滿臉唾棄又鄙夷地瞪著我和九夜。

「大、大白？你什麼時候回來的？吃過飯了嗎？」

我趕緊從九夜懷裡掙脫出來，撓了撓頭，尷尬地指了指桌上，道：「我煮了桂花蓮子湯，你要不要喝一碗？」

白澤踏進屋子，摘下鴨舌帽，抖了抖毛茸茸的耳朵，傲慢地「哼」了一聲，不客氣道：「我要吃桂花酒煮田螺肉！」

「桂花酒煮田螺肉？」

我一愣，道：「就是之前《人氣美食》節目裡介紹過的那道菜嗎？」

「是啊，據說是最近的網紅美食。」

「咦，你居然也懂網紅這個詞？」

「廢話！我才沒有你那麼愚蠢！不就是網路紅人嘛！」

白澤斜眼瞪著我，問：「那道菜，你究竟會不會做？」

「呃……你想吃啊？我、我試試看吧……」

我心虛地撓著頭，不敢打包票，因為這道菜不是那麼容易做，需要多道複雜的工序，而過程中只要有一個疏忽，味道就會變得很奇怪。

桂花酒煮田螺肉，這道菜的創始人，是一個看起來才二十多歲的女孩子，不知道真實姓名叫什麼，大家都親切地稱呼她為「小魚兒」。

別看小魚兒年紀輕輕，廚藝可是非常了得，蒸煮炒燴，樣樣精通，而她最最擅長的拿手菜，就是用美酒烹飪各種食物。

吃過晚飯之後，閒來無事，我一邊思索著該怎麼做這道菜，一邊打開電腦點進了《人氣美食》的影片，一個笑容甜美的年輕女孩出現在了螢幕上。

「大家好，我是小魚兒，今天為大家帶來的這道美味佳餚，叫做桂花酒煮田螺肉，桂花的香醇氣息，配上肥而不膩的田螺肉，一入口，齒頰芬芳回味無窮，怎麼樣，是不是聽了就令人胃口大開呢？」

女孩長得十分漂亮，綁著一束高高的馬尾，穿著件乾乾淨淨的白色T恤，T恤上印著粉紅色草莓蛋糕的圖案，看起來青春活潑又可愛。

不過，不知道為什麼，我總覺得這個女孩膚色白皙得有點不正常，臉上皮膚以及露出的手臂，似乎……隱隱地泛出一層金屬光澤？

難道是我錯覺嗎？也許，是因為錄影棚裡燈光的關係吧？

我皺眉看了看，並沒有太在意，一邊聽著她做介紹，一邊在手機備忘錄裡記下了做菜的詳細步驟和需要的食材。

「陳年桂花酒、田螺、牛肉、醬油、砂糖、鹽……」我看著這些紀錄，喃喃自語道，「看來要去趟超市了，不知道有沒有賣陳年桂花酒……」看了看時間，還早，九點不到，超市應該還沒有關門。我趕緊拿起錢包，出了家門。

外面的天色早已全黑，路上的行人不多。

昏黃的街燈暈染在一片朦朧的夜色之中，耳畔縈繞著一陣陣夏日蟬鳴。

我匆匆趕去超市，幸運地買到了陳年桂花酒，順便再買了幾樣調味料，以及阿寶最喜歡吃的草莓棒棒糖。

當我抱著一袋子物品走在回家的路上時，遠遠地看到前方有一對年輕男女。男人好像是喝醉了，走路歪歪斜斜，而旁邊的女生不時地伸手扶他一下。

咦，這個背影好像有點眼熟？

我快走了幾步，上前一看，果然是熟人！

「陳銘！」我喊了一聲。

對方醉眼迷離地抬起頭，盯著我看了老半天，才一邊打著酒嗝，一邊斷斷續續地吐出來句話：「沈默？嗝……好、好巧啊……嗝，怎麼是你？」

「陳銘，你喝醉了？」

我皺眉看了看眼前這個神志不清的男生。

陳銘是我的大學同學，曾經住在我隔壁寢室，我們關係還算不錯，經常會一起打打球吃頓飯什麼的，不過畢業之後，就再也沒有見過面了。

陳銘的家裡是開飯店的，聽說他畢業之後繼承了家業，接替父親經營飯店。

不過，我覺得這份工作也真是非常適合他。

因為陳銘對於「吃」，一直很有研究。

大學的時候他就喜歡搜羅各種人間美食，什麼山珍海味、飛禽走獸，只要是好吃的東西，他一定都要去嘗一嘗。甚至有一次為了吃到傳說中鮮嫩芬芳入口即化的「藏地野兔」，他還特意向學校請假，坐了飛機，一個人跑去西藏抓野兔，不瞭解的人都在背後罵他神經病。

而他身邊的朋友，則送了一個綽號給他，叫做「饕客」。

饕餮的饕，顧名思義，他就像饕餮一樣喜歡「吃」。

不過，在我的記憶中，陳銘並不嗜酒。

「你到底喝了多少酒，怎麼會醉成這樣？」

我無奈地看著這個久未相逢的友人。

「喝……喝酒？我……嗝……我沒有、沒有喝酒啊……嗝……」

陳銘醉醺醺地打著嗝，嘴裡噴出來一股濃濃的酒氣。

我掩了掩鼻，道：「沒喝酒怎麼會醉啊？」

他拍了拍我肩膀，呵呵傻笑著，剛要說點什麼，突然腳下一個踉蹌，差點整個人撲倒下來，還好旁邊的女生及時拉了他一把。

「你怎麼樣？沒事吧？」

戴著寬邊帽的女生抬起頭，昏黃的燈光下，露出一張非常眼熟的俏麗臉龐。

我吃了一驚，愕然道：「小魚兒？妳、妳是那個《人氣美食》節目的主持人，小魚兒，對嗎？」

「哎呀呀，被認出來了。」

女生害羞地笑了笑，隨後便大方地承認道：「對，沒錯，是我。」

「居然真的是小魚兒，我剛才還在看妳做菜的影片呢！」

我不可思議地看了看眼前的女孩，又轉頭看了看旁邊的老同學，不禁疑惑地問：「你們兩個認識？」

話音落下，女孩卻笑而不答。

陳銘也已經醉得糊里糊塗，似乎沒有聽到我在說什麼。

昏暗的夜色之中，我站在原地猶豫了一會兒，看著小魚兒，又問：「陳銘醉成這樣，需要我幫忙送他回家嗎？」

小魚兒笑著搖搖頭，道：「謝謝你，不過沒關係，我一個人可以送他回家。」

說罷，女孩便扶起酩酊大醉的陳銘，兩個人歪歪斜斜地一路走遠了。

看著他們漸行漸遠的背影，我總覺得哪裡怪怪的，可是具體又說不上來。

第二天中午，我接到了陳銘的電話。

這小子好像已經徹底酒醒了，開口便問道：「沈默，昨晚你在路邊撞見我和小魚兒了，是嗎？」

「對啊，你喝醉了。」我說。

陳銘停頓了一下，吞吞吐吐道：「既然……既然被你看見了，有件事……我找不到別人說，想……想找你商量商量……」

「哦？什麼事情？」我問。

陳銘在電話那頭深吸了口氣，道：「是關於小魚兒的。」

聽到這個回答，我忍不住笑了起來，揶揄道：「你小子，是不是喜歡上人家了？」

「呃……被你看出來了？」陳銘支吾道，「我、我確實……確實是有點……有點喜歡她，不過，總感覺這件事……有點奇怪……」

「奇怪？什麼事情奇怪？」

「你知道我和她是怎麼認識的嗎？」

「怎麼認識的？」

「是小魚兒主動來飯店找我的。」

「哦？人氣美女主動上門找你？」

「是啊，我也不是什麼名人，家裡也不過開著一間小飯店而已，那麼漂亮的女孩子居然會來找我，你說奇不奇怪？」

「她找你的時候有說什麼嗎？」

「我記得當時她說……她在很久以前見過我，她認得我，甚至知道我喜好吃各種美食，可是，我完全想不起來有遇過這麼一個大美女。」

陳銘思忖了片刻，又道：「而且，那天她是帶著菜餚來飯店找我的。」

「帶著菜餚？什麼意思？」我不明白地皺了皺眉。

陳銘說：「你知道，小魚兒她是美食節目的主持人，會做各種美味佳餚，那天她帶著一道菜，說是剛剛研究出來的一道新菜式，想請我嘗嘗味道。」

「她請你試新菜？」我笑了笑，說，「這不正是你最擅長的嗎？你吃過那麼多珍奇美味，對食物那麼有研究，正好可以幫助她試試新菜嘛。」

「話雖如此，可是……」陳銘欲言又止地嘆了口氣。

「可是什麼？難道菜不好吃？」我笑問。

「不不不！她做的菜非常好吃，可以說是正對我胃口！」陳銘立刻否認，又道，「可是不知道為什麼，每一次吃完她做的菜，我都會爛醉如泥。」

「吃了她的菜，你會醉？」我一愣，疑惑地問，「難道昨晚也是？」

「對，昨晚也是。」

陳銘道：「最近這段日子以來，我和小魚兒成為了好朋友，我們很聊得來，而她每隔幾天便會帶著新菜式找我品嘗。第一次是紅酒燉八寶蝦，第二次是清酒蒸醉蟹，第三次是白葡萄酒煨番茄牛肉湯，第四次是黃酒燜雞翅，而第五次，也就是昨天晚上，飯店結束營業之後，小魚兒又來了，仍舊帶來了一道新菜，黑啤酒水煮桂花鱸魚……」

聽到這裡，我忍不住皺眉道：「怎麼全都是用酒做的菜？」

陳銘解釋說：「對啊，這就是小魚兒的特色菜，她擅長用各種酒來烹飪食物。」

我搖搖頭，道：「就算是用酒做成的菜，你也不至於吃了之後會爛醉如泥吧？你的酒量到底有多差？」

「所以我才覺得奇怪嘛！明明兩個人在一起吃飯的氣氛好好的，昨晚我還特意準備了禮物，可是還沒送出去，才吃了幾口菜，就已經醉了。」

陳銘的語氣聽起來非常苦惱。

他喃喃地說：「其實我打算向小魚兒告白，雖然不知道她是否願意，但是我仍然想表明自己的心意，可是每一次每一次，都因為我吃菜吃醉了而錯過告白機會。

沈默，你說事情怎麼會這樣呢……不管是什麼酒，平時我喝個幾杯都不成問題，現在只是菜裡的一點點酒而已，為什麼一吃就醉成那樣？」

我想了想，啼笑皆非地問：「難道是小魚兒在菜裡下了藥？」

「下藥？」陳銘一愣，苦笑道，「我無財亦無色，她下藥圖什麼？」

是啊，圖什麼？小魚兒根本沒有理由在菜裡下藥。那又是為什麼，每一次陳銘吃了她做的菜都會酩酊大醉？

儘管覺得這件事有點蹊蹺，可是看起來似乎也沒有什麼危害。

掛了電話之後，我便沒有再放在心上了。

小半個月過去，有一天晚上，我再次接到了陳銘的電話。

「沈默沈默，你現在有空嗎？幫我個忙好不好？」

陳銘在電話那頭壓低了嗓音，悄聲道：「小魚兒來了，她今天又帶了新菜，你現在方便過來一趟嗎？我想請你和我一起試試那道新菜。」

「和你一起試新菜？」

我聽了趕緊搖頭，道：「不行不行，我只是個料理菜鳥，廚藝也不怎麼好，你讓我試新菜，我也說不出個所以然來——」

「不是不是。」陳銘打斷了我的話，道，「其實我是想看看，你吃了小魚兒的菜會不會醉？還是說，真的只有我一個人會醉？」

「呃，你這傢伙想拿我當試驗品？」我忍不住嘴角抽了一下。

陳銘「嘿嘿」笑了笑，哀求道：「沈默，拜託啦，就幫我這個忙吧，好不好？你也知道，我為這件事苦惱了很久，幫我一下吧，下次我請你吃大餐！」

我嘆了口氣，猶豫片刻，一方面因為對方是老同學，而另一方面，其實我也好奇，為什麼陳銘吃了小魚兒的菜會醉？於是，便答應了這個請求。

趕到陳家飯店的時候，已經是晚上八點多了。

就私人經營而言，這家飯店的規模其實並不小，有上下兩層樓，一樓是大廳，整整齊齊地擺放著十幾張圓桌，二樓則是包廂，每間包廂都分別有自己的名稱。

現在這個時間，本應該是飯店生意最熱鬧的時候，但是陳銘決定了今天暫停營業，並且打發走了所有員工，整間飯店，只剩下二樓的一間ＶＩＰ包廂還亮著燈。

這不是我第一次來陳家飯店，大學時代曾經收到邀請來這裡吃過幾頓飯。我熟門熟路地找上了二樓，來到那間名為「珍味八寶堂」的包廂。

包廂的門開著，一看到我出現，陳銘便立刻從座位上站了起來。

「小魚兒，這是我的老同學，沈默，就是那天晚上你們在路邊見過的。」

陳銘一邊介紹，一邊將我拉進了包廂。

包廂裡水晶燈光璀璨，照耀著滿滿一桌豐盛又精緻的菜餚。

原來除了小魚兒帶來的新菜之外，陳銘還特意另外準備了許多菜和飲料。

「來來來，我們兩個很久沒有坐在一起吃飯了，今天正好敘敘舊。」

陳銘熱情地拉開了椅子，讓我坐在了小魚兒旁邊。

小魚兒今天沒有戴帽子，披著一頭及腰長髮，化了淡妝，見著我便盈盈一笑，笑起來非常甜美，落落大方地說了句：「你好。」

「妳、妳好。」

也許是因為和漂亮美女並肩坐在一起，令我感覺有點緊張。

「沈先生和阿銘認識很久了嗎？」小魚兒笑問。

「是的，大學同學。」我點點頭。

小魚兒又道：「今天真是麻煩沈先生了，特意跑來為我試新菜。」

「哪裡哪裡，關於料理，我也只是略懂皮毛而已。」

我不好意思地抓抓頭髮，看到餐桌正中央擺著一個大陶鍋，陶鍋裡湯水血紅一片，還隱約可見飄浮著些許獸爪模樣的東西，不禁愕然道：「這是什麼菜？」

小魚兒笑了笑，說：「這是我今天帶來的新菜，紅葡萄酒燉野味八爪蛇。」

我一愣，喃喃道，「八爪蛇是什麼東西?可以吃嗎？」

「欸，這你就不懂了吧，越是珍奇的野味，肉質便越是鮮美。」

坐在一旁的陳銘搶著回答道：「沈默，我告訴你啊，這就跟視覺上的審美疲勞一樣，人類的味蕾也會審美疲勞。現在市面上美味誘人的食物雖然多，可是呢，吃來吃去就是那些東西，無非雞鴨魚或者牛羊豬，我們的舌頭早已經吃得麻木了，所以這時候就需要一些新鮮的刺激，來激發我們味蕾潛在的力量。」

「新鮮的……刺激……」

聽著這些話，我又看了看那鍋血紅的菜。

陳銘一邊侃侃而談，一邊從那鍋血紅的湯水裡撈了一隻獸爪出來，塞進嘴裡，津津有味地咀嚼了幾下，頓時兩眼放光，讚不絕口道：「哇！小魚兒，妳的廚藝又進步了！這道菜，比上次的九尾紅鯉更好吃！」

「是嗎？太好了！」小魚兒抿嘴一笑，道，「這次我在菜裡加了一些祕方。」

「哦？什麼祕方？」

「你猜呢？」

「嗯，我想想……」

陳銘沉吟片刻，又忍不住撈了幾塊肉出來，大快朵頤，吃得滿嘴血紅，一副心神陶醉的模樣，我卻看得有點怵目驚心。

「沈默，你怎麼不吃啊？來，你也吃吃看，猜猜小魚兒加了什麼祕方。」

說著，陳銘夾了一塊肉放進我碗裡。

我低頭看著那塊「血淋淋」的肉，內心感覺非常抗拒。

可是陳銘在一旁不停地催促。

「你快點吃吃看嘛！不是答應了要幫我一起試菜的嗎？」

我抑制著反胃的衝動，僵持了許久，在陳銘的慫恿之下，終於還是夾起那塊肉，先是謹慎地放在鼻子邊聞了聞。聞起來並沒有什麼異常，也沒有血腥味，反而有一股非常濃郁的肉香，伴隨著絲絲入扣的美酒氣息，繚繞在鼻尖，鑽入味蕾，沁入心脾，令人忍不住垂涎三尺，食欲大開。

「這道菜，從準備配料到醃製，再到最後的烹煮，我花了整整十個小時精製而成，沈先生，請幫我嘗嘗看味道如何吧。」

小魚兒轉頭望著我，笑吟吟地彎起嘴角。

我也不再猶豫，聞著這極其誘人的香氣，將肉放進了嘴裡。

而就在肉塊碰到舌尖的一剎那，馥鬱芬芳的肉香味頓時瀰漫開來，帶著紅葡萄酒獨有的醇厚香氣，層層疊疊地在口腔裡激盪，滿滿包裹著味蕾，令人頓生無限的滿足感，幸福得眼淚都要流下來。

這簡直、簡直就是人間至臻至醇的美味啊！我被口中的食物驚豔到了，還想再去細細咀嚼那塊肉，卻發現肉塊已經入口即化。

「天啊！我從來沒吃過這麼好吃的東西！」

我不禁由衷感慨，忍不住主動從那鍋血紅湯水裡撈了一塊肉出來。

「沈先生喜歡吃真是太好了，多吃點吧。」

小魚兒看看我，又轉頭看了看陳銘，笑靨如花。

陳銘也和我一樣，在不斷地撈陶鍋裡的肉塊。

我們兩個就好像饑腸轆轆的難民一樣，你爭我搶地吃著那鍋紅葡萄酒燉野味八爪蛇。

我感覺自己好像喪失了理智，明知道這樣很丟臉，卻忍不住地想要吃，忍不住地伸手撈肉塊，因為、因為實在太好吃太好吃了！

就彷彿毒癮發作似地，無法控制自己，吃了還想吃。

吃著吃著，小魚兒在旁邊說什麼我已經聽不太清楚了，視線也漸漸模糊起來。整個人越來越暈，渾身發熱，頭腦一片混沌。

等我意識到的時候，才忽然發現，自己好像……是醉了。

怎麼、怎麼就會醉了呢？

我明明沒有喝過酒啊，只是吃了一點菜而已……

我打了個酒嗝，噴出滿嘴的酒氣。

在和陳銘一起搶奪著吃空了的陶鍋後，我才終於放下手中碗筷，想要站起身，卻一個趔趄，又跌坐下來，醉醺醺地趴在了飯桌上。

儘管，我很努力想要保持清醒，不想讓自己如此失態，大腦卻早已不聽使喚，腦中就彷彿塞了一團漿糊，絲毫提不起精神，亦無法思考。

漸漸地，我就這樣迷迷糊糊地昏睡了過去。

也不知道睡了多久，當我醒來的時候，只聽到耳邊傳來一陣異樣的動靜，就像是有誰在吃東西的聲音，津津有味地咂著嘴巴。

難道，是陳銘那小子還在吃嗎？

我睜開眼睛，腦袋仍舊暈乎乎的，緩了好一會兒，才循著聲音的來源望過去，看到一個披散著長髮的女人跪在地上。

那個背影，看起來像是小魚兒？

也不知道她在幹什麼，彎著腰，埋著頭。

而在她面前的地板上，好像……好像……

咦，躺著一個人？是陳銘？

陳銘應該也醉了吧，這小子躺在地上幹什麼呢？

「嗝……需要……需要我幫忙……嗝，一起扶他起來嗎？」

我打著酒嗝，含含糊糊地問了句。

小魚兒聽到聲音，慢慢直起身子，又慢慢轉過頭來。然而，就在那張臉孔進入視線的刹那，我冷不防地渾身一顫。

什、什麼鬼？

那張遍布鱗片的青灰色臉孔，到底是怎麼回事？

我、我、我是在做夢嗎？

「小、小魚兒？」

我愣愣地望著眼前那張鬼臉，從一片模糊的視線裡望過去，只見「小魚兒」緩緩動著下巴，似乎在咀嚼著什麼東西，微微開啟的唇齒間露出一絲鮮紅色的液體。

我疑惑地看了一會兒，又轉過視線，隨即便看到躺在地上的陳銘，半邊臉孔已經血肉模糊，就好像是被啃爛的樣子。

我嚇得「哇」地大叫了一聲，一下子從座位上彈起來，腳跟不穩地往後一個踉蹌，撞在了牆壁上，又渾身無力地歪倒下去。

「這、這是在做夢吧……我一定……一定是在……做夢……簡直是個噩夢啊……」

我昏昏沉沉地倒在地板上，徒勞地掙扎了幾下，隨即又迷迷糊糊地昏睡過去。

我做了許多亂七八糟的夢，夢中回到了大學時代，回到了教室，白髮蒼蒼的老教授站在前面講課，我坐在底下記筆記，正聽得認真的時候，忽然背後有人小聲叫我。

「沈默，沈默！」

坐在後面的陳銘笑嘻嘻地遞過來一樣東西，說：「這個很好吃，給你嘗嘗。」

「什麼東西？」

我疑惑地皺了皺眉，低頭一看，卻發現竟然是一顆血淋淋的人頭。

我嚇得驚叫一聲，豁然睜開雙眼。

「小默，小默，醒醒。」

眼前出現了一張熟悉的臉龐，耳邊迴盪著熟悉的聲音。

「阿、阿夜？你……你怎麼來了？」

我愣愣地看著不知何時趕來的九夜，還沉浸在夢中，驚魂未定地冒著冷汗。

「你啊，看你那麼晚還不回來，就猜到你出事了。」

九夜溫柔又無奈地笑了笑，伸手揉了揉我的頭髮。

我呆呆地坐在原地，背靠在牆壁上急促喘息著。

酒勁還沒有過，大腦仍舊感覺暈眩，意識模糊。

稍微平靜下來之後，我迷茫地看了看四周。

這裡仍然是陳家飯店的包廂，包廂裡仍然燈光璀璨。

可是此時此刻，陳銘和小魚兒卻已經不見了蹤影，只留下滿桌的殘羹冷菜，在燈光下泛著一層油膩膩的冷光。

「阿夜，你看到我朋友了嗎？還有……還有一個女孩子……」

我抬起頭，喃喃地問道。

九夜搖了搖頭，說：「沒有，我來的時候，只有你一個人躺在地上。」

「咦，真是奇怪，他們去哪裡了，怎麼沒叫醒我……」

我渾渾噩噩地扶住額頭，但是只要一閉起眼睛，腦海中就立刻浮現出一張臉……一張遍布鱗片的青灰色鬼臉。

以及，半邊臉被啃爛的陳銘……

那，真的是夢嗎？

「小默，你還好嗎？還站得起來嗎？」

九夜把我從地上扶了起來。

我暈得天旋地轉，完全站不穩，只能靠著九夜的肩膀，環顧了一下空蕩蕩的包廂，隨後在他的攙扶之下，一步一步走出了陳家飯店。

現在也不知道是幾點了，夜色很濃，大街上行人寥寥無幾。

習習涼風迎面吹來，吹得我突然胃部一陣抽搐，忍不住「哇」地嘔吐了起來。髒物吐在了九夜身上，可是九夜絲毫不在意，仍舊一手穩穩地扶著我，一手輕輕撫著我的後背。

我難受地彎著腰，大口大口地吐著，發現自己吐出來的是一團一團大大小小的赤褐色黏液，而那些黏液，竟然還在會地上不停扭動。

「這是什麼東西？我吃了什麼東西下去？」

我毛骨悚然地望著滿地蠕動的團狀物，而身體已經吐得精疲力竭，站都站不住。

九夜蹲下身，把我背了起來，走在微涼的晚風裡，悠悠說了句：「小默，那個女孩子，是妖。」

突如其來的一句話聽得我一愣，隨即又想起了那張滿是鱗片的鬼臉。

難道……那不是夢？那竟然不是夢！

「妖？你是說……小魚兒嗎？」我愕然問道。

「對，沒錯，她是一種海妖，叫做魚婦。」

九夜點點頭，緩緩道：「在你們人類的記載中，《山海經·大荒西經》曾經有云：有魚偏枯，名曰魚婦。風道北來，天及大水泉，蛇乃化為魚，是謂魚婦。」

「魚婦……」我重複著這個奇怪的名字，不禁疑惑地問，「可是這個魚婦，為什麼要做菜給我朋友吃？而且我朋友吃了她的菜就會醉，我、我今天吃了也醉了，明明沒有喝酒……」

九夜笑了笑，說：「在你們人類的做菜方式中，有一種，叫做醃製，對嗎？」

我點點頭，道：「就是將食物浸在調味料中，讓調味料的味道慢慢滲透進食物裡，這樣食物吃起來才會更加入味，更加好吃，比如滷味、臘味……」

說到這裡，我疑惑地皺了皺眉，問：「不過，這和我朋友有什麼關係？」

九夜回過頭來看了我一眼，諱莫如深地說道：「醃的方法有許多種，有用醬油醃製，有用粗鹽醃製，而其中有一種，是用酒來醃製，是嗎？」

「確實有這類菜，比如醉雞、醉蟹，都是用高粱酒醃製的，而在西方，還會用葡萄酒醃牛肉和羊肉……」

說著說著，我忽然間一愣，意識到了什麼。

「難道……難道你的意思是，小魚兒做了那麼多美味佳餚給我朋友吃的目的，是為了……為了讓食物和美酒的味道滲透進我朋友的身體裡，也就是……她在……醃我朋友？」

「對，沒錯。你終於發現了？」

九夜笑著說：「魚婦可以算是妖怪中的美食家，她們對吃於進嘴裡的食物非常講究，而食材也是要經過精挑細選的，隨後再用自己喜歡的方式加以調味。」

「你、你所說的食材……是我朋友吧？」

聽到這話，我不禁感覺後頸陣陣發涼，醉意頓消，急著道：「我剛才迷迷糊糊中醒來，好像、好像看到小魚兒在吃我朋友！」

「因為已經醃得差不多，是時候該吃了。」

九夜微笑著，語氣聽起來淡淡的，不徐不疾。

人命關天的事情被他說得就好像真的只是一道菜餚而已。

我忍不住急了，說：「阿夜，帶我去找我朋友好嗎？」

九夜搖搖頭，說：「已經太遲了。」

「可是……」

「小默，你知道魚婦為什麼要選中你那個朋友當食材嗎？」

我想了想，說：「難道是因為他吃了許多山珍海味，從某種程度而言，身體算是已經被美食『醃』過了，所以魚婦覺得他比一般人更好吃？」

「這或許只是其中一個因素，除此之外，還有一個更重要的原因。」

「什麼原因？」

我不解地看著九夜。

九夜沒有直接回答，而是停頓了幾秒，緩緩說道：「魚婦這種妖，有個非常特殊之處，就是它生來只有半邊身體，必須與死人結合，才能得到一個完整的身體。而完整的魚婦，也會擁有死者生前的記憶。」

說到這裡，九夜沒有再說下去。

我聽得一頭霧水，思考了半天沒有想明白，於是問：「什麼意思？」

九夜意味深長地說了句：「如果還有機會，你應該問問你那個朋友，他曾經吃過什麼？」

「吃過什麼……」

我皺了皺眉，疑惑地想了一會兒，突然間一震，失聲道：「難道是人？」

然而九夜只是笑了笑，沒有回答。

深夜的冷風裡，我不禁渾身哆嗦起來。

第二章
手鏡

仲夏時節，屋外驕陽似火，熱浪翻騰。

這棟由深海之妖大蛤蜊齋齋化形而成的古老別墅裡，既沒有電扇，也沒有冷氣，可是也不知道為什麼，我絲毫沒有感覺到炎熱，整間屋子始終保持著適宜的溫度，令人感覺舒爽。

吃過午飯後，阿寶抱著影妖，躺在沙發上呼呼大睡。

我走過去替他們蓋了一條薄毯，又轉頭看了看一手撐著腦袋、橫臥在窗臺上的白澤。這傢伙，正一邊翹著腳，一邊悠閒地翻著娛樂雜誌。

「沒想到你居然喜歡看明星八卦。」

我笑著眨眨眼，揶揄道：「莫非，是在找關於顧昔辰的資訊？」

「呸！老子為什麼要找他的資訊？」

白澤瞪了我一眼。

我看了看他手中那本雜誌的封面，笑而不語。

只見封面最顯眼的位置，寫著一行字體加粗、異常醒目的標題——顧昔辰與X女明星夜間出入酒店被跟拍，事發後二人否認情侶關係，究竟是真是假？

文字下方還配有一張狗仔偷拍的照片，雖然只是一個模糊的側影，但是我也認了出來，那確實是顧昔辰沒錯。

「嘖嘖，沒想到顧昔辰也會傳緋聞。」

「閉嘴！他有沒有緋聞和我沒關係！」

白澤不屑地「哼」了一聲，將雜誌往地上一摔。

「好好好，沒關係沒關係。」

我好笑地搖搖頭，將雜誌撿起來，放回茶几，拿起抹布繼續擦地。

前些天交了稿，今天正好有空，我打算把家裡好好清理打掃一遍。

「對了，大白，你知道阿夜出門去哪裡了嗎？」

我一邊擦地，一邊問。

白澤回答：「不知道。」

我輕聲嘆了口氣，沒有再追問。

白澤忽然回過頭來，說：「喂，愚蠢的人類，你不用那麼擔心，那老傢伙就算兩隻眼睛全瞎了，出門也不會撞到電線杆。」

我咬著嘴唇，沒有吭聲。

白澤又安慰道：「放心，上古妖獸的自癒能力很強，他的眼睛會好的。」

我「嗯」了一聲，勉強擠出一絲笑，點點頭。

打掃完一樓，我又拎著水桶上了二樓。

二樓有個昏暗的儲物間，我打開壁燈走進去，將裡面堆積的灰塵擦拭了一遍。這個儲物間我平時幾乎不會進去，裡面堆著各種奇奇怪怪的雜物，全都是九夜的東西。例如，有個古老的黑檀木櫃子，櫃子帶著許許多多正方形抽屜，好像古時候藥鋪裡用來抓藥的中藥櫃子一樣，並且每一個抽屜都上了鎖。

哦，不，確切說，並不是鎖，而是用九夜獨有的那種紅繩，在鎖釦的地方打了個結，看起來神神祕祕的，也不知道裡面裝著什麼東西。

儘管好奇，我也不敢輕舉妄動。

而在黑檀木櫃子上方，堆放著數個透明玻璃瓶，瓶口塞著軟木。

大大小小的瓶子裡裝著五顏六色的液體，當我靠近時，那些液體就漸漸彙聚成了一雙雙不同顏色的小眼睛，在昏黃的燈光下眨呀眨，眨呀眨。

那一雙雙眼睛全都在盯著我看，看得我心裡發毛。

我轉過頭，不去理會那些眼睛，可是不經意間一瞥，又發現牆角處還靠著一把破舊的黑色雨傘。雨傘看起來非常普通，我也沒在意，然而，當我準備伸手過去擦拭灰塵時，只見那彎彎的木頭傘柄突然伸過來，勾住了我的手臂。

我嚇了一大跳，趕緊甩了甩手，往後退開一步，又不小心撞到了背後的東西。

匡噹！

轉過身，只見地上摔落了一枚小小的手鏡。

「啊，糟糕，鏡子摔碎了……」

圓形鏡面碎成了好幾片，中間還有一塊缺口。

怎麼辦，也不知道這面鏡子貴不貴重，要不要緊……

我尷尬地撓撓頭，剛要伸手去撿，卻忽然發現，在每一塊鏡子碎片裡，都照出來一個人。

那個人是我。

鏡子能照出我來，並不是件奇怪的事情，但奇就奇在，那居然是不同的我，在做著不同的事情。

比如，最上方的碎片裡，那個看起來大約七、八歲的男孩，是童年的我；我正蹲在家門口的小公園裡，和其他孩子們一起堆沙堡。在旁邊的碎片裡，我看到了中學時代的自己；我穿著熟悉的校服，背著熟悉的書包，一個人走在上學路上，不一會兒，背後追上來一個同班同學，我們兩個有說有笑。而在下面的鏡子碎片裡，那個穿著一身筆挺西裝、繫著領帶的年輕人，是大學剛剛畢業的我；我正襟危坐，前方是一排表情嚴肅的考官，原來我正在參加一場重要的面試……

啊，真是令人懷念啊！

因為這些事情，都是我曾經真實經歷過的。

不過這面手鏡也真是神奇，竟然可以照出不同時期的自己。

我一邊感慨，一邊興致勃勃地看著的鏡子碎片。

可是看著看著，忽然發現其中有一塊鏡子碎片，裡面居然照出了一個背後長著一隻翅膀的人，還有半邊面目猙獰的臉孔，而另外半邊正常的臉孔看起來，又十分眼熟……這個人，難道也是我嗎？

我皺了皺眉，大惑不解地看著這塊鏡子碎片，剛準備湊近一點，再瞧個仔細，突然有人冷不防地從背後伸出手，捂住了我的眼睛。

「小默，猜猜看我給你帶了什麼好吃的？」

低沉悅耳的嗓音自耳邊響起。

「阿夜，你回來了？」

我笑著搖搖頭，道：「我猜不出來。」

九夜鬆開手，我轉過身，看到他提著一盒精緻的小點心，微笑著向我舉了舉。

「哇！是七星坊夏季限定的藍莓冰糕！」

我驚喜地看著那盒糕點，道：「原來你一大早就出門，就是為了排隊買這個？那要排好長好長的時間啊。」

「其實也不是我排的隊，叫了一個化成人形的紅豆小妖去排的，我只是坐在旁邊的茶館裡喝茶等著而已。」

九夜笑著眨眨眼睛，將點心盒放進了我手裡。

我低頭看了看，發現剛才那枚手鏡，已經被九夜用一塊絹布蓋住了。

「阿夜，對不起，我不小心打碎了你的鏡子。」

我尷尬地咧了咧嘴，抱歉地說道。

沒想到九夜搖搖頭，說：「不，不是你打碎的，這面手鏡本來就是碎的。」

「本來就是碎的？」我好奇地問，「怎麼碎的？」

九夜悠悠一笑，道：「關於這面手鏡，有一個故事，你想聽嗎？」

「啊，有故事?當然想聽！」

我立刻迫不及待地點了點頭，趕緊說：「等我一下，我現在馬上去泡茶！一邊喝茶吃冰糕，一邊聽你講故事，簡直就是人生一大享受！」

「你說得也太誇張了。」

九夜忍不住「噗嗤」一聲笑了出來。

我喜滋滋地捧著藍莓冰糕，給了他一個大大的微笑。

這是一個關於手鏡的故事。

故事的主角，名字叫做曉晴。

曉晴今年十七歲，本來是一個普通的女高中生，可是，自從她在路邊的垃圾桶旁撿到一枚手鏡開始，她就變得有點不普通了。

說實話，她自己也不知道為什麼要去撿地上的那枚手鏡，也許是因為，當時被木頭鏡框上雕刻的精緻花紋吸引了吧？

又也許，這一切都是冥冥之中的安排？

總之，她一眼看到就喜歡得不得了，不知不覺走過去，不知不覺從積滿水窪的骯髒地面上，撿起那枚鏡子，放進了書包裡。

而在接下來的時間裡，曉晴時不時地就會把鏡子拿出來，放在手裡摸一摸看一看。看著看著，她便發現，這枚手鏡有個驚人的祕密。

比如，下一堂課要考試，她竟然可以從鏡子裡預先看到試卷內容！

再比如，同桌小琴得了急性腸胃炎，她也可以從鏡子裡提前得知！

還有傍晚放學，外面突然下起了暴雨，而這一幕滂沱雨簾，她早在中午就已經從鏡子裡預先看到了，所以現在只是靜靜地坐在教室裡等雨停。

嘖嘖，這真是一枚神奇的手鏡，居然可以預知未來！

一邊聽著窗外的雨聲，曉晴一邊輕輕撫摸著手裡的鏡子。

「妳不回家嗎？是不是忘了帶傘？」

背後忽然響起一個聲音。

曉晴回過頭，看到是同班同學陳宇豪。

高大帥氣的男生站在教室後方，略帶疑惑地看著仍舊獨自坐在原位的曉晴。

這好像，還是陳宇豪第一次主動跟她搭話。

曉晴驀地一愣，呆呆地望向那個男生，突然間心跳加速起來。

「妳怎麼了？不舒服嗎？」陳宇豪又問。

曉晴紅了臉，搖搖頭，支支吾吾道：「我、我沒有傘。」

「我有傘，我記得我家和妳家在同個方向，要不要一起走？」

男生爽朗地笑了起來，向她示意了一下手中的雨傘。

「啊，不不不……不用了，我、我、我等雨停再走。」

曉晴結結巴巴地回答，連耳根都燒燙了起來。

「等雨停再走?可是也不知道雨什麼時候才會停啊。」

「很、很快就會停了。」

曉晴悄悄摸了摸手裡的預知鏡。

只見鏡子裡，呈現出一片驟雨初歇的畫面。

「那麼大的暴雨，恐怕還要下很久呢!不如我借妳傘，我們一起回家吧!」

毫不知情的男生走過來，將雨傘遞到曉晴面前。

曉晴看著眼前的雨傘，終究還是抵不過內心的激動，紅著臉點了點頭。

於是，他們兩個人合撐著一把傘，並肩走在回家的路上。

傘外風雨飄搖，傘內和諧恬靜。

曉晴羞赧地微微低著頭，看著腳下飛濺起來的一串串小水花，心口似小鹿亂撞，面孔也仍舊在發燙，耳邊充斥著淅瀝嘩啦的雨聲，身旁近距離地挨著陳宇豪的肩膀，男生還溫柔地將雨傘往她那邊稍稍傾斜了一點。

這個微小的貼心舉動，在曉晴看來簡直是受寵若驚，她感覺到自己的心臟已經快要蹦出胸腔了。

啊!天知道!她已經暗戀了陳宇豪整整一年啊!

沒想到如今竟然有機會和對方並肩走在一起!還、還合撐著一把傘!

真希望這場雨永遠永遠不要停,路也永遠永遠走不完!

只是可惜,就如同方才那枚手鏡預言的畫面一般,沒過多久,暴雨就停了,而曉晴和陳宇豪也終於走到了需要分道揚鑣的地方。

男生體貼地把雨傘塞進了她手裡,說:「萬一等會兒再下雨,可以用得著。」說完,陳宇豪往家的方向走去,留下曉晴一個人愣愣地站在路口,望著對方遠去的背影呆了許久。

回到家,曉晴仔細地把雨傘擦乾,又親手製作了一份曲奇餅乾作為謝禮。

第二天來到學校,她從書包裡取出手鏡,忐忑不安地看了眼。

只見平滑的鏡面上慢慢呈現出一幅畫面。

一個女生將雨傘遞給一個男生,隨後害羞地獻上了曲奇餅乾。而男生看起來非常開心,似乎說了點什麼,還伸出手,親暱地摸了摸女生的頭髮。

哇！被、被、被摸頭了耶！

鏡子裡預言的畫面，看得曉晴兩眼放光、心花怒放。

而接下來，當她親手交還雨傘並且遞過曲奇餅乾的時候，陳宇豪也確實如同鏡子預言的那般，伸手摸了摸她的頭髮。

情竇初開的少女頓時漲紅了臉，滿心甜蜜。

當天晚上回到家，曉晴左思右想，最後忍不住提起筆，寫了一封很長很長的告白信，將自己長久以來深藏在心底的所有愛慕之情，全都傾訴在了信紙上。

第二天，她帶著這封熾熱的告白信走在上學路上的時候，一顆心撲通撲通跳個不停，滿腦子忍不住地胡思亂想。

不知道陳宇豪看了這封信會有什麼反應？

他會接受自己的告白嗎？還是說，會覺得討厭？

畢竟，陳宇豪人長得帥，籃球又打得好，在班上十分受歡迎。

據她所知，有好幾個女生都在悄悄暗戀他。

這樣的男生，真的會看上毫不起眼的自己嗎？

要是因為這封信被對方厭惡了，陳宇豪從此不再理她了該怎麼辦？

啊啊啊，真是好擔心啊……

事情發展到底會怎麼樣呢？

想著想著，曉晴情不自禁地將那枚可以看到未來的預言鏡從書包裡拿了出來。

看一眼吧。

就偷偷看一眼。

反正無論結果是好是壞，始終都是逃不過的。

所以，就看一眼未來吧……

曉晴按捺不住心頭的激動與緊張，緩緩地，緩緩地低下頭。

然而，就在她的視線對上鏡面的剎那，旁邊的窄巷猛地竄出一條體型碩大的黑狗，「汪」地一聲狂吠。

曉晴嚇了一跳，手一抖，手鏡頓時摔到地上，原本平滑完整的鏡面裂開了數道縫隙。

「啊！糟糕！鏡子摔碎了！」

曉晴大叫一聲，趕緊去撿鏡子碎片。

第一塊碎片拾起來，她看到鏡中居然映出一個五、六歲的小女孩。

女孩穿著紅色洋裝，綁著雙馬尾，正開懷大笑著，在遊樂場裡坐旋轉木馬。

這身洋裝、這女孩、這場景……

這一切，怎麼都感覺好眼熟？

再湊近仔細看一看，這個小女孩，不正是童年時代的自己嗎？

曉晴愕然地看著手裡的鏡子碎片。

原來，這枚神奇的手鏡，不僅僅可以預知未來，還能看到過去？

第二塊碎片拾起來，鏡子裡的女孩已經成了小學生，正和老師還有同學一起在森林裡郊遊；第三塊碎片，女孩穿著中學制服，和最最要好的朋友坐在學校操場邊，一邊偷笑一邊說著悄悄話；第四塊碎片，鏡子裡的小女孩出落成了亭亭玉立的少女，和一個高大的男生合撐一把傘，走在滂沱暴雨之中……

這個場景，不正是昨天剛剛發生過的事情嗎！

曉晴連忙撿起了第五塊碎片。

碎片中的自己，正在寫告白信！

然後呢？然後怎麼樣了？

今天交出告白信之後，會是什麼結果？

「快！快點讓我看看！」

曉晴迫不及待地從地上撿起了第六塊碎片。

屏氣凝神，定睛一看。

只見鏡子碎片裡的畫面，是一個倒在血泊之中的女孩。

怎、怎麼回事？這是不是哪裡搞錯了？

在女孩的胸口，赫然插著一把刀！赤紅的血水從刀口噴湧而出。

無疑，這個女孩就是自己！

可是到底發生什麼事情，怎麼會這樣？

曉晴毛骨悚然地看著這一幕，呆了好一會兒，才突然想起來什麼，立刻低頭往地上看了看。

地上已經沒有鏡子碎片了。

曉晴疑惑地皺了皺眉，又將手中所有的碎片嵌入鏡框裡拼湊起來，卻發現整個鏡面中，唯獨左下方缺少了一塊碎片。

而這塊空缺，恰好是在第五塊和第六塊碎片之間。

也就是說，從她寫完告白信，到滿身是血地倒在血泊裡，這中間還發生過什麼事情，而正是這件事情，導致了她胸口被刺入一刀。

所以，那塊缺失的碎片在哪裡？

那塊至關重要的鏡子碎片，在哪裡！

曉晴立刻脫下書包，整個人趴在地上，在身邊路人驚詫的目光下，狼狽不堪地爬來爬去，角落裡泥坑裡，甚至垃圾堆裡，一遍一遍地搜尋。

碎片，碎片，碎片……

碎片在哪裡……在哪裡……

然而，找了許久，始終都沒有找到這塊性命攸關的鏡子碎片。

怎麼辦，怎麼辦……

到底自己為什麼會被一刀刺入胸口？

到底發生了什麼事情！是誰要殺害她？

曉晴緊握著拳，頹喪地一屁股跌坐在地，忍不住哭了出來。然而等她抬起頭，又看到了之前那隻大黑狗。

大黑狗居然沒有走，仍舊站在原地，悠閒地搖著尾巴看著她。

「都是你害的！滾開！」

曉晴怒吼一聲，撿起塊石頭扔了過去，恍惚間冷光一閃。

咦，等等，這隻狗的嘴巴裡……咬著什麼東西？

閃閃發亮的光芒刺痛了她的眼睛。

那好像……好像是鏡子碎片！

對！就是她苦苦尋找的那塊缺失的鏡子碎片！

曉晴猛地一震，從地上跳起來。

那隻大黑狗受到驚嚇，轉頭撒腿就跑。

「站住！別跑！」

曉晴趕緊追了上去。

大黑狗叼著鏡子碎片一路狂奔，曉晴在後面一路狂追，追到十字路口，大黑狗突然停下來，回過頭，彷彿警告似地從喉嚨裡發出低低的吼聲。

「把、把鏡子碎片……還給我！」

曉晴跑得氣喘吁吁，心急如焚地瞪著那條狗。

可是大黑狗並沒有理會，發出幾聲低吼之後，又繼續奔跑起來。

曉晴再次追上。

就這樣，一人一狗追追停停，一直奔跑到了住宅區。

這片老舊的住宅區，年輕人都搬出去了，裡面大多住著上了年紀的老年人。大黑狗狂奔不止，衝進了一戶人家的院子裡。

看樣子，應該是那戶人家養的狗吧？

院子的大門敞開著，沒看到有人。

曉晴猶豫了一下，仍是追著黑狗闖了進去。

大黑狗站在院子樹下，回頭看看她，熟門熟路地跑進了屋子裡。

曉晴喘了幾口氣，未加思索，立刻追上去。

孰料，一踏進屋子，就聽到那隻大黑狗狂吠不止，一股濃濃的可疑腥味隨之撲面而來。

曉晴疑惑地走進去，探頭向屋子裡張望了一下。

屋子不大，裡面沒有開燈，雖然是大白天，但是光線仍舊十分昏暗。

而就在那一片昏暗中，曉晴看到了一個人。

一個大約二十出頭的年輕男人，染著滿頭金髮，右側臉頰上有一道又深又長的疤痕，疤痕從嘴角一直延伸到眉眼，看起來就好像是被人一刀砍過臉孔。

那隻大黑狗正是在對著這個男人狂吠。

男人蹲在櫥櫃前，滿地散落著雜物，似乎正在翻箱倒櫃找東西的樣子，一邊找，一邊還在忿忿地咒罵著。

「他媽的！這兩個老傢伙，到底把存款藏在哪裡了？」

曉晴愣愣地站在房門口，看到一灘深色液體從男人腳底下緩緩流淌過來，一直蔓延到了自己腳邊。

只看到櫥櫃旁的地板上，歪歪扭扭地倒著兩具鮮血淋漓的屍體，竟赫然是一對已經遇害的老年夫婦。

「啊！」曉晴嚇得失聲叫了出來，隨即意識到不對，立刻捂住了自己的嘴巴。

可惜，一切都晚了。

因為那個刀疤男人已經看到了她。

一絲獰笑劃過疤痕扭曲的嘴角，細小的眼眸中凶光畢露。

「小姑娘，妳真是運氣不好，這種時間怎麼沒去上學呢？」

男人站了起來，手中握著一把鋒利的小刀。刀刃沾著斑駁血跡，在昏暗中閃爍著令人毛骨悚然的寒光。

曉晴一下子呆住了，驚恐萬狀地看著男人手中的刀。

她認了出來，那把刀……

正是在鏡子碎片中看到，插在她胸口的那把刀。

故事講到這裡，戛然而止。

九夜笑著，低頭呷了一口茶。他抬眸看我，問：「好吃嗎？」

我愣愣地張著嘴巴，嘴巴裡咬著半塊藍莓冰糕，呆了好一會兒，才點點頭，道：

「好、好吃。」

說罷，我咽下藍莓冰糕，想了想，忍不住嘆息道：「所以那個女孩子，其實是被這枚手鏡害死的吧。」

九夜悠悠一笑，意味深長地說——

「如果她沒有想預知未來的貪念，又怎會被害死呢？」

第三章

圈套・上

週末午後，阿寶吵著說要吃哈蜜瓜蛋糕。

就是最近電視裡經常播的廣告，綠色小方盒子裡有個按鈕，輕輕一按就會彈出一顆哈蜜瓜形狀的可愛小蛋糕，人類的小朋友看了都喜歡。

「小默默，阿寶也想要哈蜜瓜，想要哈蜜瓜……」

這小東西眼淚汪汪、可憐兮兮地看著我。

「好啦好啦，我去買給你吃，不要再搖我了。」

我將手從阿寶牢牢圈住的手臂裡掙脫出來，無奈地妥協。

「喂，順便再幫我買幾罐冰啤酒，一定要那個貝殼形狀的牌子。」

白澤在一旁見縫插針地補充。

這傢伙，總是喜歡差遣我。

我瞪了他一眼，道：「你又不是小孩子，自己去買！」

白澤嘁了一聲，說：「不要，外面那麼熱，我才不想出去。」

「拜託，你怕熱，難道我就不怕嗎？」

「可是你一樣要出去買蛋糕，不是嗎？」

「你……」

我被氣到沒話說，只能乾瞪著眼睛。

白澤橫躺在沙發上，得意地抖抖耳朵。

這時九夜悠悠說了句：「順便再買包狗糧吧，正好給這隻蠢狗當晚飯。」

「喂，老傢伙！你罵誰是蠢狗！」白澤一下子跳了起來。

九夜不為所動，慢條斯理地喝著茶，淡然道：「自然是現在最激動的那個。」

「你！你這個老不死——」

白澤瞪著眼睛，剛要說什麼，就看到阿寶蹦跳著撲過去，一邊揪住他的三角耳朵，一邊嚷嚷道：「大白大白，你變回大狗狗的樣子讓我騎一騎好不好？」

「滾開！小鬼，離我遠點！」

「快點變回大狗狗的樣子嘛！」

「不要碰我！」

「嘻嘻，大白的耳朵摸起來好舒服！」

「小鬼！再敢碰一下，信不信老子宰了你！」

白澤就算脾氣再火爆，可是一旦遇上了阿寶，就始終拿他沒轍。

我不禁好笑地看了看他們兩個，拿起錢包出了家門。

超市離家並不遠，步行大約二十分鐘。

買了哈蜜瓜蛋糕，買了白澤要的啤酒，買了幾盒咖哩塊，打算晚上給九夜煮牛肉咖哩飯，最後還買了影妖喜歡的薄荷口香糖。

這顆小毛球，不知怎地，最近居然愛上了吹泡泡。

從超市出來，手裡抱著一袋子物品，我邊走邊思考著晚飯該準備什麼湯來配咖哩飯，是番茄蛋花湯好呢？還是紫菜蝦米湯？

想著想著，我感覺有點不對勁，因為眼角餘光總是瞥到背後有輛黑色轎車，似乎……在一路跟著我？

我心下起疑，故意快走幾步，拐了幾個轉角。沒想到那輛車也加快速度，跟著拐了幾個轉角。

沒錯，我居然真的被人跟蹤了！會是什麼人跟蹤我？

我不敢回頭細看，也不想打草驚蛇，只能抱緊手裡的袋子，突然拔腿飛奔。沿街一路飛奔到十字路口，正準備過馬路，沒想到那輛黑色轎車在我面前一個急剎車，擋住了我的去路。

車門打開，從裡面出來一個一身黑衣的男人。

他戴著寬大的口罩和帽子，帽檐壓得很低，根本看不清楚臉。

男人徑直向我走來，我往後退了幾步，不假思索地就往另外一個方向奔跑。

我不知道那個人是誰，也不知道他要幹什麼，可是會如此鬼鬼祟祟地跟蹤我，必定來者不善。好漢不吃眼前虧，還是先逃為妙。

我拚盡全力地發足狂奔，而那個男人也在背後一路追著我。

跑著跑著，我不小心跑進了一條死巷子。

真是倒楣！望著眼前的牆壁，我悻悻地嘆了口氣。

既然無路可逃，我只能一咬牙，拿出手機，轉身對那個追來的黑衣男人大聲喝斥道：「你是什麼人？為什麼要跟蹤我？」

對方沒有回答，只是沉默著往前踏出一步。

我趕緊舉起手機，厲聲制止道：「別過來！否則我就報警了！」

對方沒有理會，徑直走過來，一把扣住了我的手腕。

他拉下口罩，露出半張眉眼深邃的漂亮臉孔，低聲說：「別緊張，是我。」

我一愣，仔細一看，忍不住吃了一驚，結結巴巴道：「顧、顧、顧昔辰？」

「噓，小聲點，跟我來。」

男人迅速戴回口罩，拉著我往巷子外走。

我一下子傻住了，先前在心中閃過許多種可能性，猜測這個跟蹤我的人會是誰，可是萬萬沒有料到，居然是顧昔辰？

也不知道顧大明星為什麼要來找我，而且還是採取這麼隱蔽的方式。

我一臉迷茫地被他拉到了停靠在路邊的黑色轎車旁。

「進去。」

顧昔辰左右看了一下，確定無人盯梢之後，俐落地打開了副駕駛座的車門，並且低聲催促，哦，不，確切地說，這強硬又不容反駁的語氣，應該是在命令我。

我撓撓頭，儘管一頭霧水，還是坐進了車裡。

顧昔辰一聲不響地發動了車輛。

車速很快，不過非常平穩。

看著車窗兩邊迅速倒退的街景，我眨了眨眼睛，問：「你要帶我去哪裡？」

顧昔辰仍然沒有回答。他已經脫下了帽子和口罩，一張俊美的面龐上絲毫沒有表情，只是沉默地看著前方。

我咧嘴乾笑了一下，又問：「你找我有事？」

終於，顧昔辰往我這邊看了一眼，說：「沈先生，真是抱歉，用這麼唐突的方式邀請你。」

邀請？我沒有聽錯吧？

比起「邀請」，我更加感覺自己是被綁架了。

不過算了，顧昔辰就是這種脾氣。

我嘆了口氣，又問了遍：「你找我有事嗎？」

顧昔辰「嗯」了一聲，說：「我有事想請你幫忙。」

有事請我幫忙？聽了這話，我更加不明所以。赫赫有名的大明星，而且又是個厲害的獵妖師，究竟會有什麼事情需要我這個無名小卒幫忙？

「呃，什麼忙？」

顧昔辰沉默了好一會兒，說：「能不能請你，幫我把白澤約出來？」

「把白澤約出來？」我一愣。

顧昔辰點點頭，解釋道：「我有事找他。」

「我可以把家裡電話號碼給你，你打過去——」

「不，如果是我找他，他肯定不會出來。」顧昔辰打斷了我的話，搖頭道：「所以，這件事只能麻煩沈先生了。」

「呃……」

我想了想，覺得顧昔辰的判斷是正確的。

白澤那傢伙，嘴那麼硬，脾氣那麼臭，如果是顧昔辰叫他出來，勢必不會赴約。

可是，作為前世今生的仇人和冤家，顧昔辰找白澤，又會是為了什麼事情？

莫非兩個人要決鬥不成？

我猶豫了半天，不過想想這是他們兩人之間的私事，我這個外人不方便插手，於是點了點頭，說：「好吧，我試試看。不過，那傢伙很固執，我不能保證他一定會出來。」

顧昔辰點點頭，說了句「謝謝」，之後便一言不發了。

片刻後，車輛停在了一片廣闊的竹林裡。

周圍空無一人，一陣風吹過，竹葉沙沙作響。

顧昔辰關掉引擎，我們一同下了車。

我拿出手機，想了一會兒，隨後撥通了家裡的電話。

家裡每次只要電話一響，都是阿寶衝過去接的，這次也不例外。

「阿寶，能不能讓大白聽電話？」我說。

「大白，大白，小默默找你！」

只聽到阿寶稚嫩的童音在電話那頭大喊了一聲。

不一會兒，白澤不耐煩地來接了電話。

我撒了個謊，說：「喂，大白啊，我一不小心買了太多啤酒，提不動，你想喝就自己出來拿。」

「提不動?你是女人嗎，幾罐啤酒就提不動!」
「天氣太熱了，我好像有點中暑，如果你不來拿，我就把啤酒扔掉了。」
「喂!別別別!我去拿，你不准扔掉!」
白澤立刻妥協，問:「你在哪裡?」
我說出了地點，本以為白澤會懷疑，可是這粗神經的傢伙竟然絲毫沒有起疑，只是惱火地破口大罵道:「愚蠢的人類!你怎麼會跑到那裡去?回家的方向都不記得嗎!是不是熱到大腦燒壞了?站在那裡別動，我現在就去!」
罵完他便掛了電話。
我向顧昔辰比了個OK的手勢。
說實話，我也不知道自己這樣做正確與否，畢竟白澤與顧昔辰，是前世就結下深仇大恨的冤家，可是，冥冥之中，我又總感覺……他們兩個應該心平氣和地好好談一談，也許還會有冰釋前嫌的機會?
因為，我一直覺得，顧昔辰不像是白澤所說的那種卑鄙陰險的小人。
顧昔辰環著雙臂，背靠車門，沉默不語地低著頭，似是沉思的模樣，也不知道一個人在想些什麼。

如果沒有記錯，這應該是我第四次面對面地見到這位大明星，而每一次的見面都非常之突然和離奇，這一次更是始料未及。

不過，就和螢幕上見到的一樣，顧大明星冷漠又強大的氣勢，真是讓人不得不退避三舍，我都不敢跟他搭話，只能尷尬地站在一旁。

好在沒過多久，白澤就匆匆趕來了。

「愚蠢的人類，叫你買點東西都搞不定！蠢貨！笨蛋！」

他一邊罵個不停，一邊遠遠地走過來。

可是走到一半，就突然間停住了。

他看到了顧昔辰。

「喂，這是什麼意思？你騙我？」

白澤皺眉瞪著我，語氣十分惱怒。

我尷尬地撓撓頭，不好意思地咧嘴笑了笑。

這時，顧昔辰說了句：「不關他的事，是我叫他找你來的。」

白澤面色一沉，哼笑道：「是你找我來的？怎麼，活得不耐煩了，想找死嗎？」

顧昔辰沒有理會他的嘲諷，依舊面色平靜。

「白澤，我有事找你。」

「什麼屁事要求本大爺？」白澤斜眼睨著他。

顧昔辰摸了一下自己的頸側，半晌，語氣淡淡地說道：「我想解除契約。」

只見白澤驀地一愣，瞬間瞪大雙眼。

「你說什麼？」

他整個人凝滯了片刻，又忽然間情緒激動起來，似有萬般滋味湧上心頭，卻緊握住拳頭，強忍了下來。

隔了許久，只聽白澤咬牙切齒地質問道：「怎麼？你想解除契約，消除前世的記憶嗎？你想忘了自己曾經做過的那些卑鄙無恥的事情？」

顧昔辰沒有反駁，那張冷酷又俊美無比的臉孔上也沒有任何表情變化，只是冷漠地看著白澤，又堅定地重複了一遍：「請你解除契約。」

「做夢！」

白澤衝上前一把揪住了顧昔辰的衣領，氣到渾身都在發抖，只聽他惡狠狠地威脅道：「你以為解除契約，就能當作什麼事情都沒發生過嗎？你以為消除了前世的記憶，我就會原諒你嗎？告訴你，別做夢！除非讓我親手殺了你，除非你死了，否則，我永遠都不會放過你！」

顧昔辰仍舊不為所動，就彷彿早已預料到了這一幕，預料到了白澤會說這樣的話。他語氣平緩地回答道：「如果，只有殺了我才能讓你解恨，那麼你就動手吧。我說過，這條命是你撿回來的，你隨時都可以取走。」

說完，他平靜地閉上了眼睛。

「你以為我真的不敢殺你嗎！」

白澤火冒三丈地咆哮，手掌一開，指尖伸出五道利爪，猛地揮起。

「不要！」

我忍無可忍地大喊了一聲。

利爪在半空停頓了數秒，又狠狠一揮。

只聽到嗤一聲悶響，滾燙的白煙徐徐冒了出來，顧昔辰背後的金屬車門，竟然被硬生生劃開了五道清晰的裂痕。

這一爪要是打在顧昔辰身上，就算不死，也去掉半條命。可是終究，白澤還是下不了手。

顧昔辰睜開眼睛，一雙幽深玄黑的眸子始終靜如寒潭地看著白澤，就好像是在看著一個陌生人，不帶絲毫情感。

白澤自嘲地笑了笑，說：「還真是個冷血又無情的人啊……」

兩人無聲地對視了好一會兒。

終於，白澤鬆開了對方的衣襟，往後退了幾步，轉過臉。

從顧昔辰的方向看不到他的表情，可是我能看得清清楚楚。

白澤很用力地咬著牙，似乎在迫使自己冷靜下來，而他眼裡透出來的那種痛苦又絕望的神色，與其說是憤怒，不如說是悲傷更為確切。

是的，悲傷。

我從來沒有見過白澤流露出如此難過的樣子，想來，這次顧昔辰真的是傷了他的心了。

「你……想要解除契約？」

白澤低聲問了句，語氣聽起來有點無力。

顧昔辰毫不猶豫地回了一個字：「是。」

白澤又道：「解除契約之後，所有前世的記憶都會消失，不僅僅是不愉快的過往，就連曾經那段快樂的時光，也會一同遺忘。」

顧昔辰看著他，沉默不語。

白澤追問：「你真的那麼討厭我？」

顧昔辰神情堅定，絲毫沒有轉圜的餘地。

白澤扶著額頭，淒然一笑，說：「好，既然如此，我成全你。」

他深吸了一口氣，平復情緒，隨後抬起右手，掌心裡閃耀出一片淡藍色的光芒。

望著那片光芒，顧昔辰冰冷的眼神裡似乎劃過一絲情緒波動。

不過很快，他就閉上了眼睛。

彷彿是感應到了白澤掌心裡的光芒，顧昔辰的頸側慢慢浮現出一個若隱若現的圖騰，那個圖騰也在閃耀著藍光。

漸漸地，四周飄起了點點螢光。

光點在空中閃閃發亮，如同漫天飛舞的螢火蟲。

白澤上前一步，微微顫抖著抬起手，剛要將掌心覆上顧昔辰頸側的圖騰，突然，空氣中響起了一道微妙的聲音。

嗖！

我還沒來得及仔細分辨，驀地看到茂密的竹林深處飛出一枝利箭。

白澤和顧昔辰都察覺到了，但是已經太遲。

瞬間，利箭刺入了白澤的肩膀，頓時血流如注。而那些汩汩湧出的鮮血，竟然是黑色的。

我再一看，發現那居然是一枝桃木箭。

我記得九夜曾經說過，對妖獸來說，桃木是劇毒。

顯然，射出這枝箭的人，是衝著白澤而來。

「白澤！」

我著急地喊了一聲，想要上前查看他的傷勢，可是身後又傳來一片凌亂的腳步聲。

竹林後方陸續跑出十幾名身穿白色制服的人。

眼熟的白衣黑靴，眼熟的金色徽章。

徽章上是雙蛇與利劍的圖騰。

是獵妖師！

為什麼……為什麼獵妖師會來這裡？

能射出那枝桃木箭，顯然他們是有備而來，可是那些獵妖師為什麼會知道白澤在這裡？

我疑惑又不安地看著那些人。

看到獵妖師出現，白澤似乎意識到了什麼，轉頭對著顧昔辰咆哮了一聲：「可惡！這又是你設下的圈套，對不對！」

白澤不給對方辯解的機會，抬掌猛揮了過去。

「你就那麼想要置我於死地嗎！混帳東西！」

伴隨著怒吼聲，顧昔辰猝不及防地被打得橫飛了出去，撞斷一片竹子，又重重摔落在地。他「噗」的一聲吐出滿口鮮血，胸前被白澤的利爪傷得皮開肉綻、鮮血淋漓。

萬萬沒料到事情會變成這樣，我看著憤怒得紅了雙眼的白澤，又看了看受傷的顧昔辰，實在不知道該說什麼好，只能手足無措地愣在原地。

而此時，那些手持武器的獵妖師衝了過來，將白澤團團包圍。

「哼！想要我死？沒那麼容易！」

白澤咬牙拔掉了肩上的毒箭，雪白的毛髮倒豎，咆哮聲震耳欲聾。

他似乎想要化身為龐大的原形，地面上卻突然亮起巨大的六芒星陣法，將白澤牢牢禁錮在其中，脫身不得。

六芒星陣法鋒芒閃耀，亮起一片刺眼的強光。

我反手擋住眼睛後退了幾步，從指縫間勉強望出去，只看到白澤被囚禁在陣法中痛苦掙扎，肩膀的傷口迸裂開來，鮮血四濺。

怎麼辦？現在該怎麼辦？

有什麼辦法可以救救白澤？

我心急如焚地看著那個六芒星陣法，試圖衝進去，然而一群獵妖師包圍了陣法，每個人手裡都握著一柄弓箭，箭已在弦，齊刷刷地對準了被禁錮在其中的白澤。

「不！不要！住手！住手！住手！」我聲嘶力竭地大喊，同時向前狂奔。

然而，就在我的喊聲中，箭已離弦。

十幾枝桃木箭破空而出，筆直射向白澤。

「不要！」

我一個踉蹌，撲倒在地。

第四章

圈套・下

獵獵風聲吹過竹林，林間嘩嘩作響。

我跪在地上，雙手撐著地面，緊握成拳。

都是我不好……是我把白澤叫出來的……

都是我……是我害了白澤！

我自責地咬著牙，整個人顫抖著，緩緩地，緩緩地，抬起頭。

沒想到，映入眼簾的一幕，卻是令我大吃一驚。

因為我看到有一個人半跪在地，擋在了白澤身前，背後插著十幾枝桃木箭！

那個人是……顧昔辰……

赤紅的鮮血如泉水般汩汩湧出，幾乎將他背後的衣服全部濡濕，可是他沒有倒下去，仍然一手護著白澤，一手按住地面。

只見地面上的六芒星陣法隨之黯淡了下去，直到光芒徹底消退，顧昔辰再也支撐不住，嘴裡噴出一口血，身子往前一傾。

這是發生什麼事情了？顧昔辰替白澤擋住了那些毒箭？

我目瞪口呆地看著這一幕。

而白澤的表情也沒有比我好到哪裡去，同樣滿臉震驚地看著顧昔辰。

「為、為什麼……為什麼……」

白澤驚慌失措地伸出雙臂，一把接住倒下的顧昔辰。

「你這個蠢貨！你以為這樣做，我就會原諒你了嗎！」

幾乎是一邊發顫，一邊咆哮著，白澤緊緊抱住了身受重傷的顧昔辰。

顧昔辰微微張開嘴，卻什麼聲音都沒有發出來，只是不斷地吐出鮮血，將白澤的衣服染成了一片血紅。

「你瘋了嗎！笨蛋！為什麼要這樣做！為、為什麼！」

白澤滿眼心疼地看著顧昔辰，急得連說話都在哆嗦。

顧昔辰無力地靠在白澤的肩膀上，喘了好一會兒，才斷斷續續地說出話來。

「為什麼……你從來……都不願意相信我……」

他閉起眼睛，又嗆出來一大口血，喃喃低語道：「在楓林苑那天……我說過，在酒裡下毒的人不是我……可是你不信……後來我說，那天設下陷阱害你的人也不是我……可是你仍然不信……今天……今天你連一個解釋的機會都不給我……你從頭到尾……始終沒有相信過我……在你眼裡……我就是……就是這麼不值得信任的人嗎？到底誰才冷血……誰才無情……」

顧昔辰一番話斷斷續續地說完，白澤整個人愣住了。

「你……你說，在酒裡下毒的人，不是你？」

顧昔辰嘲諷地苦笑了下，剛要用力撐起身體，卻被白澤一把抱住，緊緊按在了懷裡。

「蠢貨！你為什麼不早點告訴我！這麼重要的事情為什麼不告訴我！」

他又氣又急，卻被顧昔辰瞪了一眼。

「我說了……你不相信……」

「我……我……我沒有不相信你，我只是……只是……」白澤急得不知道該如何解釋，語無倫次，最後只能痛苦又自責地抱著顧昔辰，一遍一遍地重複道，「對不起……是我不好，對不起……對不起……」

「呵，笨狗！」

顧昔辰低聲罵了句，滿額冷汗地忍受著背後的劇痛，奄奄一息。

「撐著點！我帶你去看醫生！」

白澤顧不得自己的傷勢，搖搖晃地抱起顧昔辰，可是獵妖師增援的大隊人馬已經殺到，訓練有素的隊伍整齊劃一地散開，將他們兩人團團包圍了起來。

「哼，果然不出我所料，堂堂獵妖師協會會長，竟然與妖獸狼狽為奸！」

一名手握長劍的年輕男人走了出來，冷笑看著顧昔辰。

「嘉偉，你……」

顧昔辰訝異地看著他，道：「你……一直在……跟蹤我？」

「沒錯，我一直在等你主動落入圈套。」

叫嘉偉的男人笑了笑，說：「自從上次圍捕夔，我就發覺事情不對勁，為什麼妖獸白澤會去救一個人類，還會為了你冒險與夔廝殺？再到後來，我發現你居然故意放走一隻犬妖，我就察覺到，其實會長你一直都與妖怪有勾結吧？身為獵妖師協會的會長，置人類安危於不顧，竟然暗中與妖怪串通一氣，簡直天理難容！」

振振有詞的一番話語落下，獵妖師全都憤怒地瞪著顧昔辰。

「會長，虧我們如此信任你，沒想到你竟然是這種人！」

「對，沒錯，簡直就是人類的叛徒！」

「你根本不配當會長！不配當獵妖師！」

憤慨的聲音此起彼伏，面對部下的指責和唾罵，顧昔辰面色蒼白地咬著牙，用力撐起身體，將白澤輕輕推到身後，隨後踉踉蹌蹌地往前走了幾步，每踏出一步，都滴滴答答地落下滿地鮮血。

「你們先走……」

他回頭看了白澤一眼，又看看我，語氣堅定不容反駁。

「想走？沒那麼容易！」

一個獵妖師揮起大刀，道：「今天我們就是為了獵殺白澤而來！」

顧昔辰蒼白如紙的面容依舊神色冷靜，從背後拔出一枝桃木箭，踏前一步，伸手一攔，擋在了白澤與獵妖師中間，冷冷說：「有本事先殺了我再說。」

「會長，何必逞強。」

那個叫嘉偉的男人冷笑一聲，道：「我承認你很厲害，我們都不是你的對手，可是現在，你傷成了這樣，你覺得自己還能撐多久？」

話音落下，只看到顧昔辰身體晃了晃，用桃木箭往地面一撐，才勉強支撐住了沒有倒下。

不行啊，這個樣子根本撐不下去，他實在傷得太重了。

我悄悄摸出手機，打算打電話搬救兵。

而就在這時，身後冒出一聲驚天動地的咆哮。

一道白影飛速衝上前。

白澤化身為了原形。

龐大的白色巨獸似是被激怒了，猛地向前一躍，在竹林間掀起一陣狂風，整個地面都在顫動。

白澤暴怒地露出獠牙，將重傷的顧昔辰護在身下，抬頭又是一聲震耳欲聾的咆哮。

我感覺自己的耳膜都要被震破了，不得不緊緊捂住耳朵，四周的獵妖師們卻似不受影響，紛紛射出了桃木箭。

啪！啪！啪！啪！

白澤身中數箭，一邊流著黑血，一邊奮力發起攻擊。

「放箭！」

那個叫嘉偉的男人揮手，再次命令。

「不！不要！」

我不顧一切地衝了上去，張開雙臂，擋在白澤和顧昔辰前面。

「住手……不要再射箭了……不要……」

我情緒激動地搖著頭，憤然道：「他們兩個已經傷成了這樣，為什麼還要趕盡殺絕？為什麼一定要置他們於死地不可？你們是獵妖師，所謂獵妖師的職責是什麼？難道為了守護人類的安全，就一定要將妖怪全部殺光？可是你們應該知道，在這個世界上，並不是所有妖怪都是惡徒，還有許多妖怪，根本不會對人類產生威脅，即便是這樣，你們也不容許他們好好地棲身於這個世界的角落嗎？為何非要將他們逼上絕路不可？」

「哪來的謬論！真是可笑！」

為首的男人哼笑一聲，指著白澤，道：「這種隨時可以用利爪和獠牙將人類撕成碎片的凶猛妖獸，也算是不會對人類產生任何威脅？」

我據理力爭道：「強大的妖獸，並不表示他會主動傷害人類。」

「簡直一派胡言！」那個男人瞪著我，道，「你到底是不是人類？如果是人類，為什麼會站在妖怪那邊？快給我讓開！」

我搖了搖頭，又道：「說到底，你們只是因為害怕吧？」

「你說什麼？」男人皺眉。

我直視著他，道：「你們只是因為害怕有比自己更為強大的事物存在，害怕和妖怪共存，所以才處心積慮趕盡殺絕，不是嗎？」

「笑話！和妖怪共存？你是想看到人類滅亡嗎？」

對方火冒三丈地瞪著我，吼道：「不要擋在這裡！滾開！」

我毅然決然地站在原地，張開著雙臂，道：「如果你們覺得良心過得去，那麼就放箭吧！連我一起殺了！」

「小默！」白澤吼了一聲，急著道，「這件事與你無關，你快走！」

「開玩笑！我怎麼可能丟下你們自己一個人走！」

「愚蠢的人類！你要是出事，我怎麼向那個老傢伙交代！」

「不需要你交代，我會對自己的行為負責！」

「你！愚蠢！」

龐大的白色巨獸瞪著一雙黃綠色的獸瞳，氣急敗壞地看著我。

我咬著牙，環視了一圈手持弓箭的獵妖師們，佇立在原地巋然不動。

「我們並不想傷你，可是，這是你自找的，助妖為虐不會有好下場。」

為首的男人斥道：「不用管他！繼續放箭！」

看著桃木箭紛紛飛射而出，也不知道為什麼，我突然感覺到全身熱血沸騰起來，似乎有一股長久以來被壓制的力量，開始在體內蠢蠢欲動。

身體好熱，尤其是後頸，就彷彿被火焰灼燒一般，痛得我忍不住發出一聲嘶吼。

嗤！

數道聲響劃過，我抬起頭，發現近在咫尺的桃木箭居然成了焦炭，風一吹，便化為粉末飄散在空中。

怎麼回事？

我疑惑地看著漫天飛揚的黑色粉末，又回過頭看了看白澤和顧昔辰。

原本我以為是白澤施了法術，卻看到他也一臉驚愕地看著我。

「呵，原來你也是個怪物，難怪會站在妖怪那邊。」

站在最前面的男人冷笑。

「怪物？」

我搖了搖頭，道：「不是，我……我是人類。」

「哼，人類？人類會長獠牙？」

對方瞇起眼睛，目光陰鷙地看著我。

「獠牙？」

我訝異地捂住了自己的嘴巴。就在手掌觸碰到嘴唇的剎那，清晰地摸到了兩枚尖銳的硬物。

我一下子呆住了，那兩枚又尖又長的牙齒，分明就是從我嘴巴裡長出來的！

不，這不可能！為什麼我的嘴裡會長出獠牙？

心底湧起一股強烈的恐懼與不安，我緊緊捂著自己的嘴巴。

而就在這時，獵妖師們再次舉起了弓箭。

「放箭！」

一聲令下，幾十枝利箭從四面八方飛射而來。

我慌了神，本能地閉起了眼睛。

頃刻，耳邊響起一片七零八落的慘叫聲。

我驚疑地睜開眼，看到一雙遮天蔽日的黑色羽翼擋在了我面前。

「小默，沒事吧？」

九夜回過頭，揚起招牌的溫柔笑容。

「阿夜……」我愣愣地往前走了幾步。

那些被自己射出的利箭反射到的獵妖師們，一個個都倒在了地上。

「喂，老傢伙，你故意這麼晚來的是不是？」

白澤不悅地悶哼了一聲。

九夜斜視他一眼，直言不諱地說道：「是啊，如果不是我家小默有危險，本來想等你死了再來。」

「你！你你你……」

白澤一邊惱怒地喘著粗氣，一邊小心翼翼地扶著幾乎已經陷入昏迷的顧昔辰。

九夜緩緩收起了巨大的黑色羽翼，微微笑著，笑得善良又人畜無害，淡淡地掃視了周圍一圈，悠悠說道：「這些年來，我的脾氣變得越來越不好了，沒什麼耐心，趁我現在還能克制得住，你們最好趕緊逃命。」

也不知道是不是錯覺，就在九夜話音落下的瞬間，竹林裡突然起風了。

滿地落葉四散飛揚，形成了一道道漩渦般的氣流，急速飛轉，將我們和那些獵妖師隔了開來。

那個叫嘉偉的男人大腿中了一箭，踉蹌著從地上爬起來。

「竟然……竟然是你……」

他驚駭地瞪著九夜，似乎非常不甘心，可是一靠近，就被強大的氣流彈開，重重地摔了出去。

儘管再怎麼不服氣，雙方的力量差距太過懸殊，他根本無法與九夜正面抗衡，最終，只能一咬牙，惡狠狠地吐出一個字：「撤！」

看著對方落荒而逃，我愣愣地站在原地，抬手摸了摸自己的嘴巴。

嘴裡的獠牙已經不見了，後頸不再疼痛，先前體內那股熱血沸騰的灼燒感也消失了，一切，彷彿是場幻覺。

「小默，怎麼了？有沒有哪裡受傷？」

九夜轉身看著我。

我搖搖頭，含含糊糊地應了句：「沒、沒什麼……」

「沒事了，我們回家吧。」

九夜揉了揉我的頭髮，隨後緊緊握住我的手，往回家的方向走去。

白澤和顧昔辰都傷得很重，尤其是顧昔辰，幾乎命懸一線，昏迷不醒。

而白澤無論如何都不願意躺下來好好養傷，固執地守在顧昔辰身邊。

「小默，隨他去吧。」九夜拍拍我。

「可是……」

我站在房門口，看了看房內。

白澤變回了龐大的原形，幾乎將整個房間子塞滿，而顧昔辰遍體鱗傷地躺在他雪白柔軟的毛皮間，身體似乎隱約籠罩著一層淡淡的金色光輝。

「作為上古妖獸，白澤最強大的力量，其實是治癒力，甚至傳說他具有起死回生的能力，但是這樣會極度消耗靈力。」

九夜往房內看了一眼，淡淡地敘述道。

「這麼說，他現在是在替顧昔辰療傷？」我問。

九夜點點頭，欲言又止，「只不過……」

「只不過什麼？」

九夜沉默了一下，卻又搖搖頭，沒有回答。

第二天，當我再次去房間探望的時候，發現顧昔辰的傷口已經不再流血。

然而，也不知道是不是錯覺的，原本滿滿占據著整個房間的白色巨獸，似乎縮小了一圈。

白澤蜷著身體，頭部剛好對著被他裹在懷裡的顧昔辰，而毛茸茸的大尾巴像是被子一樣蓋在顧昔辰身上。

「大白，大白，你的傷怎麼樣了？感覺好點了嗎？」

我喚了他幾聲，可是白澤沒有睜開眼睛，一副虛弱的樣子。

我輕輕摸了摸他濃密而柔軟的背毛，默默地離開了。

第三天傍晚，我煮了食物端進房間。門內，白澤變回了大白狗的樣子，一動不動地趴在顧昔辰身旁。

顧昔辰仍然沒有醒來，但是原本蒼白如紙的面色好了很多，至少有了生氣，不再那麼死氣沉沉，而原本微弱的呼吸也已經穩定了。

「大白，你餓嗎？我煮了你最愛吃的南瓜粥，想不想嘗一點？」

我將一碗粥放了下來。

過了許久，終於，白澤緩緩睜開了眼睛，看了粥一眼，說：「老傢伙沒有告訴過你嗎，其實，人類的食物無法滿足妖獸的食欲。」

「竟然是這樣？對不起……」

我尷尬地撓撓頭，問：「那……你想吃什麼？我去幫你準備。」

白澤搖了搖頭，說：「小默，謝謝你。」

「咦?你、你說什麼?」

我還以為自己聽錯了,忍不住笑著促狹道:「居然還會說謝謝?這可真不符合你的個性啊!」

「哼,囉嗦!愚蠢的人類!」

白澤低聲罵了句,突然甩過蓬鬆的大尾巴,一下子將我捲進了懷裡,用一種我從未曾聽過的溫和語氣,緩緩說道:「小默,雖然那個老東西深藏不露又老奸巨猾,有時候還非常可惡,但是,今後無論發生任何事情,你都要相信他。因為,他是這個世界上唯一絕對不會傷害你的人。還有,你做的飯菜非常好吃,雖然填不飽肚子,但是我真的非常喜歡,謝謝你,小默。」

我被迫將臉埋在白澤蓬軟的毛皮間,莫名其妙地聽著這些話,感覺似乎哪裡怪怪的,正想發問,又突然被白澤一把推開了。

「大白,你……」

我抬起頭,看到白澤已經再次閉上了眼睛。

我一聲不響地坐在旁邊,看了他好一會兒,總想說點什麼,卻又生怕打擾他休息。

心裡隱隱地，覺得不太對勁啊。

到了第四天清晨，當我再次推開房門，竟然看到顧昔辰站在窗邊。

「咦，你終於醒了？傷怎麼樣？感覺還好嗎？」

我看著眼前那個身姿挺拔的背影，同時又往空蕩蕩的屋子裡環視了一圈，問：

「大白……呃，不對，白澤呢？他出去了嗎？」

顧昔辰沒有回答。他轉過身來，環著雙臂，懷裡抱著一隻好像貓咪一般大小的白毛獸類。

我不禁驚奇道：「咦，好可愛啊，這是哪裡來的……」

話到一半，驀地戛然而止。

我難以置信地問：「這……這是……是白澤？」

顧昔辰默然點了點頭。

我驚愕地看著那隻蜷縮在顧昔辰懷裡、似乎正處於沉睡中雪白妖獸，愣了許久都說不出話來。

顧昔辰神色黯然地看著白澤，半晌，緩緩說了句：「他恐怕需要很長一段時間才能恢復過來。我想帶他走，可以嗎？」

我沉默了片刻，隨後釋然一笑，道：「其實白澤他，從來都不屬於這裡。我覺得他應該會更加願意和你在一起。」

「兩次相救，大恩不言謝，以後若有機會，我定會報答。」

顧昔辰看著我，非常誠懇地說完，便抱著白澤離開了房間。

我忽然想起了什麼，趕緊從書桌抽屜裡取出那枚獸角，追了出去。

「等一下！」

我喊了一聲。

顧昔辰駐足，轉過身。

我將東西遞給他，道：「這個，應該很重要吧？不要再隨便丟掉了。」

看到獸角，顧昔辰閃過一抹難以言喻的神情。

「嗯，很重要，謝謝。」

他接過這枚失而復得的獸角，小心翼翼地收進了口袋裡。

我一直目送著他們走出大門，直到徹底看不到身影，才依依不捨地轉過身。

「小默默，大白走了嗎？」

阿寶趴在窗口，可憐兮兮地看我。

「嗯。」我點點頭。

「大白去哪裡了？」

「我不知道。」

「大白還會回來嗎？」阿寶又問。

我仍然搖搖頭，說：「不知道。」

阿寶「哇」地大哭了起來。

而我除了替他擦眼淚，也不知該如何安慰，因為自己心裡也很不好受。

和白澤相處了這麼長一段時日，說實話，我已經把他當成了這個家的一分子，現在他就這樣離開了，總覺得心裡空落落的。

九夜無動於衷地坐在一旁，正在一卷竹簡上慢悠悠地寫著毛筆字。

「小默，你們人類有句俗語，叫做天下沒有不散的宴席。」

他微笑著，轉頭望向我。

我愣了愣，不語。

確實，在人類短暫的一生中，總是要面對一場又一場的別離，縱有不捨，也無可奈何。所以，要更加珍惜當下，珍惜眼前人啊。

道理我都明白，卻始終無法釋懷。

我沉默了好一會兒，問：「阿夜，白澤大概要多久才能恢復？」

「作為上古妖獸，白澤幾乎耗盡了所有靈力，再加上身負重傷，恐怕需要很長一段時間靜養。」

「很長一段時間，究竟是多長？」我又追問。

九夜道：「少則百年，多則上千年。」

「要百年、上千年？」

我吃了一驚，愕然道：「那、那顧昔辰他……」

九夜點了點頭，淡淡地說：「顧昔辰他，今生今世應該等不到了，白澤會始終維持最初形態休眠靜養，不會醒過來了。不過，好在他們之間還有契約，就算顧昔辰再次轉世，也仍然能記得前世今生的一切。」

即便這對他們來說，或許不算太差的結局，我依然難受得說不出話來。前世因為一場誤會，今生好不容易冰釋前嫌，竟又落得如此地步。難道非要等上三生三世，才能換來真正的重逢？

命運，還真是會開玩笑。

一個星期後，娛樂圈掀起了軒然大波——天王級大明星顧昔辰失蹤了。電話停號，住所也空無一人，經紀人急得團團轉，可是誰都沒有辦法。他接拍的電影、電視劇和廣告，全都不得不中途停工。

誰也不知道，顧昔辰究竟去了哪裡。

第五章

白髮少年

轉眼，白澤離開大半個月了。

阿寶仍然經常趴在窗邊，望穿秋水地等大白回來。

也許阿寶可以等到，但是以我的壽命，恐怕這輩子和白澤的緣分已盡。

有時候看著九夜，看著阿寶，看著影妖，再看看這棟房子，心中不免感傷。

因為總有一天，我也會先離開。

我輕聲嘆了口氣，不知道為什麼，左眼又開始痛了。

我捂住眼睛，扶著牆壁，慢慢走去洗手間用冷水敷眼。可是完全沒有用，疼痛還是越來越嚴重，有時候甚至會突然間什麼都看不見。

這到底是怎麼回事？

前些日子我特意去醫院檢查，醫生說左眼完全沒有問題，究竟是為什麼會痛成這樣？

我一遍一遍地揉著眼睛，而只要一閉上雙眼，腦海中就會立刻浮現隱隱約約的畫面，有翅膀、有獠牙、有鮮血……還有……還有飛機殘骸……

那些模糊的畫面在黑暗中閃爍，不斷湧現出來，又不斷泯滅消失。

唔……好痛……好痛……

我抓著洗手檯慢慢蹲下身，卻突然被一雙手臂從背後抱住了。

「小默，別動，讓我看看。」

我咬著牙，強忍著痛楚。

九夜仔細看了看我的左眼，最後將手掌輕輕覆蓋上來。掌心的溫度傳遞過來，浸透我的眼睛，如同溫泉洗禮。

過了一會兒，疼痛漸漸消失了。

「現在感覺怎麼樣？」九夜柔聲問道。

「嗯，好多了。」我點點頭，摸了摸自己的左眼，說，「阿夜，不知道為什麼，最近眼睛痛得越來越厲害了。」

「你呀，上次去看眼科醫生，醫生叮囑你要多休息，不要用眼過度，你聽醫生的話了嗎？昨天都還趕稿到凌晨吧？才睡了沒幾個小時。」

九夜輕聲責備著。

「呃，我……因為、因為截稿期要到了……」

我小聲嘟囔著辯解。

九夜笑了笑，道：「你剛才說今天有事，十點要出門，現在已經九點半了。」

「啊！已經九點半了嗎？糟了糟了，要遲到了！」

我趕緊衝到客廳，抓起吐司咬在嘴裡，飛奔出家門。

今天出門，其實是趕去參加一場葬禮。

死者是我的遠房親戚，雖說是親戚，可是記憶中完全沒有印象。母親說，在我很小的時候有見過對方一次，我要稱他二叔。

二叔今年才四十多歲，是一家企業的老闆，事業有成，並且娶了一位美麗的嬌妻。妻子懷孕五個月，沒想到他英年早逝，實在令人唏噓不已。

二叔的死因，是一場車禍。

那天他獨自開車去外地會見一位重要的客戶，可是為了節省時間，他抄了近道，開進陡峭的山路，結果在半途不小心翻車。

車子墜下懸崖，釀成了一起車毀人亡的慘劇。

葬禮上，二叔那位身懷六甲的妻子挺著個大肚子，哭成了淚人。
我站在一旁看了都覺得上天太殘忍，可惜，人死不能復生。
希望叔母可以早日振作起來，生下健健康康的寶寶，未來的人生還很長。
我嘆息著，不忍心去看那具躺在棺材中即將火化的遺體，於是轉頭望向四周。
二叔是成功人士，人脈廣厚，除了親屬之外，前來參加葬禮的賓客絡繹不絕，大部分人都西裝革履，繫著領帶，一絲不苟地將頭髮梳理得整整齊齊。
就在這一群群「黑西裝」之中，我不經意看到了一個小小少年。
這個素不相識的少年之所以會引起我的注意，是因為他有著一頭罕見的白髮，皮膚也幾近蒼白，毫無血色。
我知道有一種病，叫做白化症，是由於黑色素缺乏或者黑色素合成障礙所導致，而得了白化症的人，即便年紀輕輕也會滿頭白髮。
難道這名少年，是得了白化症？
我目不轉睛地看了他許久，發現這名少年並不是跟隨任何一個大人一起來的，好像孤身一個人。這就奇怪了，莫非他認識二叔？

我好奇地問了身旁的表姐：「那個少年是誰？」

「少年？哪個少年？」表姐疑惑地看看我。

「喏，就是站在大門口，那個白頭髮的男孩子。」

我抬起下巴指了指。

表姐順著我指的方向看去，又奇怪地轉回來看著我。

「門口沒有人啊。」她說。

「咦，妳沒有看到嗎？」

我伸手指著少年所在的位置，道：「就站在那裡，看到沒？白色頭髮。」

表姐仔細看了看，隨後看著我的表情變得有些古怪。

「小默，你是故意的嗎？」

「嗯？」

「你是故意嚇我嗎？」

表姐有點生氣，道：「門口根本什麼人都沒有，哪來的白頭髮的男孩子！」

我不禁一愣，又往門口看了看。

可是那個白髮少年，分明就站在那裡啊！表姐怎麼會看不見？

莫非，只有我才能看到那個少年？

而就在我發愣的時候，白髮少年突然抬起頭，剛好對上了我的視線。

我心裡一驚，趕緊迴避了他的目光。

可是少年已經捕捉到了我的視線，一直緊緊盯住我不放。

僵持了許久，我再次偷偷轉過視線。

白髮少年看著我，樣子似乎有點膽怯，想走過來又不敢太靠近，只能試探著往前走一步，看看我，又再往前走一步。

我不知道他究竟想幹什麼，也不知道他究竟是人是鬼是妖，只好裝作和其他人一樣，什麼都沒看到，不去理會。

少年站在三步遠的距離，始終望著我。

而我沒有再去看他一眼。

整場葬禮就這麼被人盯著，讓我感覺渾身不自在。好不容易葬禮結束後，由於要趕稿，我沒有和大家一起吃飯，便回去了。

可是當我走在回家路上的時候，那個白髮少年居然一直遠遠地跟在後面。

我忍無可忍地停下腳步，看著他問：「你是誰？為什麼要跟著我？」

少年沒有回答，只是搖了搖頭，一臉焦急的模樣。

我又道：「是因為只有我能看到你，你才跟著我？」

少年用力點點頭。

我又問：「你跟著我想要幹什麼？」

少年張開嘴，「咿咿呀呀」了半天，沒有說出一句完整的話。

我無奈地扶了下額頭，不知道他想表達什麼。

白髮少年伸手扯住我的衣服，一邊焦急地比劃著手腳，一邊拚命「講話」。

我一個字都聽不懂，只能嘆口氣，道：「我不明白你在說什麼。」

少年停了下來，失望地看著我，露出一副沮喪的表情。

這小小少年看起來大約十歲左右，除了顯眼的白髮之外，就連他身上穿的衣服都很奇怪。這麼熱的天氣，他居然穿著高領毛衣，毛衣有點破舊，還有好幾處被勾破的小洞，下半身則穿了條黑色短褲，光著腳，沒有穿鞋。

「你父母在哪裡？不知道他們能不能看到你，我帶你去找父母好嗎？」

我彎下腰，很認真地看著他。

可是少年搖了搖頭，又開始「咿咿呀呀」地對我說話。

我不知該如何是好，抓了抓頭髮，猶豫著說：「不然……你願意跟我回家嗎？我帶你去見一個朋友，也許他能聽懂你在講什麼。」

少年愣了愣，立刻充滿期待地點點頭。

於是，我便把這個來歷不明的白髮少年帶了回去。

一踏進家門，九夜就看到了我身後的少年。

他無奈地嘆了口氣，道：「你呀，怎麼又在路邊撿東西回來了？」

我尷尬地咧了咧嘴，說：「他一直跟著我，我也沒辦法……而且，這孩子好像有很要緊的事情，要找人幫忙，但我聽不懂他的語言……」

我拉了拉九夜的衣袖，懇求道：「阿夜，可不可以……幫個忙？」

孰料，我話音剛落，白髮少年就急忙走了過來，對著九夜「咿咿呀呀」地說了一大通話。

我充滿期待地看著九夜，好奇地問：「他在講什麼？」

沒想到九夜居然搖搖頭，回答說：「不知道。」

「不知道？難道連你都聽不懂他的語言嗎？」

我詫異地看著少年，心裡思索著他究竟是何方神聖？

九夜從沙發裡站了起來，道：「他說的不是任何一種語言，他還不會講話。」

「不會講話？什麼意思？」我一愣。

「他化為人的時間太短，就好比初生的嬰兒，儘管可以發出聲音，但是無法用語言表達出確切的意思，只能牙牙學語。」

經過九夜的解釋，我終於明白了過來，可是仍舊覺得奇怪，又問：「你說他化為人的時間還太短？這孩子果真是個妖怪啊？」

「不，不是妖怪。」

九夜搖搖頭，說：「他只是物形。」

「物形？什麼叫做物形？」

我還是第一次聽到這個名詞。

「所謂物形，即，物體所化之形。」

九夜頓了頓，又道：「簡單來說，其實就是一樣東西。」

「一樣東西？」我仍是不解地皺著眉。

九夜緩緩解釋道，「你看到的這個少年，其實是一樣沒有生命的物品。例如，可以是一只茶杯、一柄梳子，又或者路邊的一顆石頭、一塊瓦礫，總之，就是一樣完全不具備靈魂的物體。物體長時間被人類傾注了大量情感，久而久之，就會產生意念，意念又化為靈魂，最終，這樣東西就化為了『物形』，來到人世間。」

聽起來有些許複雜，我不得不好好思忖片刻，試圖理解這些超出我認知範疇以外的事物。

九夜耐心地補充道：「這就為什麼人類會對舊物產生留戀的原因，因為長期被呵護著、被愛惜著的舊物，也會對主人產生情感。」

我若有所悟地點點頭，又轉身看了看白髮少年，好奇地問：「那麼這孩子，究竟是什麼東西？」

「我也不知道。」九夜搖搖頭。

「有辦法查到嗎？」我追問。

九夜失笑了下，反問說：「大千世界，芸芸眾生，上至蒼穹，下至礫土，沒有生命的物體何止萬千，該從何查起？」

「呃，這……」

我想想也確實如此。

而現在，那孩子不會自己說話，誰也不知道他是什麼、從何而來，以及想要做什麼事情，該怎麼辦才好呢？

我想了許久還是一籌莫展，只能無奈地搖頭嘆息，道：「對不起，我很想幫你，可是不知道該怎麼幫。」

少年可憐兮兮地低著頭。

而這時，九夜忽然說了句：「不過，會穿衣服的物體倒是不多。」

我˙愣，轉頭看著九夜，眨了眨眼睛，突然間領悟過來，趕緊湊過去仔細看了看少年身上的高領毛衣。

毛衣髒兮兮的，已經很舊了，像是穿了很久很久的樣子。

我翻看後衣領和衣角，沒有找到任何商標或標識。

「難道說，這是一件純手工編織的毛衣嗎？」

我努力思索著，喃喃道：「擁有者會幫沒有生命的東西織毛衣，那麼這樣東西，可能有著人的外形？至少應該有手有腳，莫非……是玩偶？布娃娃？」

「嗯，極有可能。」

難得九夜會表示認同。

我立刻來了興致，又繼續順著思路推理道：「而這孩子會出現在葬禮上，難不成，是和二叔的死有關？」

這一次，九夜沒有再出聲，只是笑了笑。

我撓了撓頭，想了許久，也推理不下去了。

因為實在想不明白，一隻玩偶，會和二叔的死有什麼聯繫？

正所謂好奇心害死貓。

一旦對某件事產生了疑惑，卻得不到解答，這真是讓人心癢難耐。

再加上那個白髮少年不肯走了，一直跟在我身邊，始終用充滿祈求的眼神可憐巴巴地看著我。我被他看得實在沒辦法，只能在第二天打電話給母親，胡亂找個藉口，要來了二叔家的住址。

二叔住在一處高檔社區，環境優美，鳥語花香。

如今他走了，只剩下叔母一個人和肚子裡的孩子，住在那棟大房子裡。

當我敲開房門，叔母看到我有點驚訝。

「小默？你怎麼來了？」

「呃，我剛好在附近辦事，就順路來看看您。」

我撒了謊。

叔母不以為意，將我迎進了屋子。

白髮少年也一直跟在我身後，只是叔母看不到。

一番寒暄過後，我很唐突地問了句：「叔母會織毛衣嗎？」

「毛衣？」叔母一愣。

「呃，我是說，小寶寶要出生了，叔母會織毛衣給小寶寶嗎？」

「織毛衣啊……」叔母搖搖頭，說，「我不太擅長做手工活。」

我看了看白髮少年身上的那件高領毛衣，雖然破舊，但是織得非常好。

顯然，這件毛衣不是叔母織的。

那這個「物形」，到底是不是二叔家的？

正猶豫著接下來該怎麼辦時，那個白髮少年轉過身，看看我，隨後一聲不響地徑直往客廳後門走去。

「喂，等一下，你去哪裡？」我忍不住喊了一聲。

「嗯？你說什麼？」叔母一愣。

「呃，我、我……」我撓了撓頭，急匆匆道，「對、對不起……第一次來您家，請允許我隨便走走參觀一下吧！」

「哈？」叔母愕然地看著我。

我顧不得再解釋，眼看著少年從後門穿了出去，我趕緊追過去，卻忘記了打開門，「咚」地一聲，一頭撞在了門板上。

「小默，你沒事吧?你怎麼了?」叔母也跟著走過來。

「沒、沒事……」

我一邊揉著額頭，一邊打開後門。

原來後門連著一個小花園，花園裡種植著許多花花草草，大概是因為好一段時間沒有打理過了，顯得有點荒蕪頹敗。

「我喜歡種花，可是自從你二叔出事，我便再也沒有心情打理了。」

望著這個雜草叢生的小花園，叔母不禁一聲嘆息。

我四下環顧了一圈，發現花園旁是車庫，而那個白髮少年正站在車庫裡。

我走過去，看到車庫裡空蕩蕩。

叔母說，車子墜下山崖，雖然找了回來，但是已經徹底報廢了。

白髮少年焦急地看著我，一邊「咿咿呀呀」地說著我聽不懂的話，一邊伸手指地上。

地上擺著一個紙箱，裡頭有扳手、太陽眼鏡、黑色夾克外套、一把壞掉的雨傘，還有一些零碎的證件。

「紙箱裡的東西原本都放在車裡，出事的時候散落出來，掉在了車子附近，搜救隊拿回來還給我，但其實……其實我也不想要，留著這些熟悉的東西，每次看到只會更加覺得傷心……」

叔母捧著大肚子走過來，慢慢蹲下身，一件一件撫摸著那些遺物。

我聽著心裡很不是滋味，想勸叔母離開車庫，可是忽然間發現箱子裡居然有一件眼熟的藍色高領小毛衣？

我忍不住將東西從箱子裡拿了出來，原來是一隻毛茸茸的兔子玩偶！

兔子穿著毛衣，和黑色短褲！

我吃了一驚，看著手裡的兔子玩偶，又看了看站在眼前的白髮少年。

一模一樣的衣服，一模一樣的褲子！

莫非……這就是少年的原形？一隻兔子玩偶？

我驚訝地看著手裡的玩偶，問：「這也是二叔的遺物嗎？」

叔母搖搖頭，意外地說了句：「我不知道。」

「不知道？」我一愣。

叔母皺起眉頭，看著這隻小白兔，若有所思道：「我們的孩子還沒有出生，我還沒買過玩具，可是據搜救隊的人說，這隻兔子確實是在車輛旁邊發現的……後來我想了想，覺得可能是……」

「可能是二叔自己悄悄買了，想送給未出世的寶寶？」我接口道。

叔母點點頭，隨即又搖了搖頭，說，「我原本也那麼想，可是……你二叔不是一個會製造驚喜和浪漫的人，而且這隻兔子很舊了，不像新買的，所以，我一直覺得是搜救隊的人搞錯了，這應該不是我們家的東西。」

我想了想，問：「不知道……這隻兔子玩偶能不能暫時先給我？或許我可以幫忙調查這玩具是從哪裡來的？」

「可以啊，你能幫忙真是太好了。」

叔母點點頭，同意了。

於是，我便帶著兔子玩偶離開了二叔家。離開之前，我發現那個白髮少年不見了，到處都看不到蹤影，也不知道去了哪裡。

從二叔家離開，原本應該等在門口的九夜居然也不見了。

真是奇怪，這兩個傢伙怎麼都不見了？正左右張望著，我突然看到兩個熟悉的身影鬼鬼祟祟站在二叔隔壁鄰居的家門口。

「喂，你們在幹什麼？」我趕緊走過去。

九夜回頭看我，抬起下巴指了指白髮少年。

「他好像想讓我陪他一起進去。」

「陪他進去？」

我透過窗子往那戶人家家裡看了看，空無一人。

「不不不，不行不行，私闖民宅是犯法的！」我慌忙搖頭。

「哦？你們人類還有這個規定？」

九夜笑得一臉人畜無害的模樣。

「靠，你裝什麼傻！你明明就知道！」我瞪著他。

「可是我不是人類，人類的法律對我沒有用吧？」

九夜笑得越來越迷人，越來越無辜，握住門把的手微微一用力。

喀噠。

防盜門居然打開了！

「喂！你！」

我膽戰心驚地看了看四周，剛想拉住九夜，可是一回頭，那傢伙已經和白髮少年一起踏進了屋子！

「拜託，你們兩個不要這樣好不好？我、我還不想坐牢……」

我阻止不了他們，只能哭喪著臉跟在後面。

這戶人家的主人不在，空蕩蕩的房子裡收拾得井井有條。

我很小心地脫了鞋子，將鞋子提在手裡，心虛地東看西看。

生平第一次，在沒有得到許可的情況下闖進了陌生人家裡，要是被發現了該怎麼辦才好？該怎麼向屋主解釋？會被警察逮捕嗎？

我胡思亂想著，哭笑不得地扶了下額頭。

相比之下，九夜這傢伙好像絲毫沒有罪惡感，鎮定如初，悠悠然地跟著白髮少年上了二樓。

「喂，等一下，你們要去哪裡？」

我不想落單，慌慌張張地也跟了上去。

這棟房子的二樓有三間臥室，一間主臥房、一間兒童房，還有一間看起來不常有人使用，應該是客房。

白髮少年走在最前面，不時回頭看看我們，像是在帶路，徑直走進了那間兒童房。

我和九夜跟著走了進去。

這是間女孩子的房間，粉紅色的壁紙、漂亮的公主床，床上堆著許多絨毛玩具，不過那些玩具看起來都是嶄新的，似乎才買了沒多久。

白髮少年又是一陣「咿咿呀呀」，然後著急地拉住我，指著一旁的書桌。

書桌上擺著一個雙馬尾小女孩的照片，她的懷裡緊緊抱著一隻白色兔子玩偶，面對著鏡頭，卻沒有絲毫笑容。

「啊！那隻穿毛衣的兔子玩偶！」

我吃了一驚，瞪大雙眼看了看白髮少年。

少年立刻激動地點頭。

「原來這隻兔子玩偶，是二叔鄰居家孩子的玩具？」

我不禁疑惑道：「為什麼鄰居小孩的玩具會出現在車禍現場？」

「這個問題，恐怕只有問這個小女孩才能知道了。」

九夜指了指照片。

我看著照片中的女孩，剛要說話，樓下突然傳來一陣響動。

是開門的聲音。

糟糕！是屋子的主人回來了嗎？

「阿夜，怎、怎麼辦？」

「噓——」

九夜豎起食指，淡然地笑了笑，隨後拉著我退到窗口。

只聽到樓下傳來一男一女的聲音，似乎正在為了什麼事情吵架。

男人壓抑著怒火，質問：「我出差期間到底發生什麼事情了？」

女人回答道：「我已經說了很多遍，是天天自己哭鬧著說要去找媽媽！」

「所以妳就放她出去了嗎？天天才六歲！妳讓一個六歲的孩子自己出門？」

「我怎麼知道她真的敢一個人跑出去！我以為她和平時一樣，只是在門口哭一會兒而已！」

「現在天天都已經失蹤超過三天了！連警察都找不到她！」

「也許她真的去找她親生媽媽了。」

「妳明知道她媽媽兩年前就病死了！」

「你什麼意思？現在孩子不見了怪我嗎？」

「不怪妳怪誰？妳為什麼連個孩子都管不好！」

「你還有臉說我？你這個當爸爸的整天出差不在家！說白了，天天又不是我生的，我為什麼要承擔撫養她的責任！」

「這是我們當初結婚的時候妳答應過我的！」

「我真是腦子壞了才會答應你！」

啪！

「你！你打我？你居然敢打我！」

女人聲嘶力竭地大吼，隨後又是一陣乒乒乓乓砸碎東西的噪響。

九夜拍了拍我肩膀，在我耳邊低聲說：「不要怕，來，抓住我。」

「欸？什、什麼？」

我還沒來得及反應過來，便被九夜一把抱起，整個人竟然從敞開的窗子騰空「掉」了下去！

「嗚哇！」

我忍不住驚叫。

叫聲未止，便已經穩穩落在了地面上。

我嚇得緊緊抓著九夜的衣服，瞪眼道：「拜託！下次要做危險動作之前，能不能先通知我一下？」

「我有提醒你啊。」

九夜笑著聳聳肩膀，將我放下。

我無奈地扶額，隨後繞到屋子正面，悄悄從窗外看了一眼。

客廳裡，那一對爭吵不休的年輕夫婦已經開始扔杯子摔花瓶了。

雖然不能百分百肯定，但是從這對夫婦爭吵的內容來看，大致可以推斷出發生了什麼事情。

想必，照片中的小女孩就是天天，兩年前母親病逝，父親另取了一任妻子，可是這個妻子並沒有盡到一個母親的責任，導致六歲的女孩離家出走，至今下落不明。

而女孩心愛的兔子玩偶會遺落在車禍現場……沒有猜錯的話，莫非是她當時也在二叔的車上？不過為什麼搜救隊沒有發現她？

人命關天，事不宜遲，我立刻打了電話報警。

可是無憑無據，我又是個毫不相關的局外人，警方完全不相信我的話，直到後來我又打了電話給林崎警官。

「你說車禍現場還有個六歲的女孩子？」

這位脾氣暴躁的刑警大叔在電話裡的語氣聽起來不怎麼友善，粗聲粗氣地質問道：「沈默，你又是怎麼知道的？你認識那個女孩？」

「呃，不認識。」我撓撓頭，急著爭辯道，「但是現場發現了女孩的兔子玩偶！」

「僅僅憑一個玩具，你就想讓警方集體出動去搜山？你是不是覺得警察平時上班都很閒，所以沒事就來消遣我？」

「不是這樣的……我、我……」

我急於解釋，又不知道該如何證明。

林崎忽然嘆了口氣，道：「沈默，這件事如果換作別人，我肯定不會相信，但因為是你說的，即便沒有證據，我還是姑且相信你。」

聽到這話，我終於鬆了口氣，連聲道謝。

當天下午，警方開始在車禍現場附近搜尋。

而與此同時，林崎警官親自前往那個叫天天的女孩子家裡進行調查。

由於居民禁止在住宅區內安裝監視器，所以只有在社區大門口安裝了一個，可是從女孩離家出走當天的錄影畫面來看，並未發現女孩走出社區。而根據當天值班的保全人員口供，也沒有看到小孩子獨自離開。

不過最後，林崎警官還是在一輛轎車的行車記錄器上，找到了天天的蹤影。

我忍不住好奇地拉著九夜一起去看了影片。

那天早上下著綿綿細雨，這輛車剛好停在二叔家對面，可以將兩戶人家的大門情況拍攝得一清二楚。大約在早晨八點，一個綁著雙馬尾的小女孩手裡抱著兔子玩偶，一邊哭，一邊從家裡跑出來。

女孩在雨中，茫然地看向四周，似乎也不知道該何去何從，最後哭著哭著，一屁股坐在了家門口的臺階上。

而這時，一輛車從二叔家的車庫裡開了出來。

車子開得很急，可是沒開出多遠，忽然一個急剎車。

一個中年男人急匆匆地下車，連車鑰匙都沒有拔，急急忙忙跑回家裡。這個男人，正是二叔。

據叔母說，事發當天，二叔出門走得很匆忙。

車輛停在門口，引擎仍然發動著。

坐在家門前哭泣的小女孩看了看那輛車，猶豫了幾秒之後，抱著手裡的兔子玩偶，打開車輛的後車廂，竟然整個人鑽了進去。

後車廂又重新蓋了回去。

不一會兒，二叔提著一個袋子從家裡跑出來，匆匆忙忙上車，渾然不知後車廂裡躲著一個小女孩，就這樣再次啟動車輛離開了。

看完這段影片，我心裡浮起了一股不祥的預感。

想必車禍當時，女孩應該是從後車廂裡摔了出來，滾落山崖。

而由於搜救隊不知情，延誤了救援時機，女孩現在恐怕凶多吉少。

我擔憂地看著白髮少年。他低著頭，沮喪地站在一旁。

原來，他是來找我救人的啊。

當天晚上，搜救隊終於在車禍現場附近找到了女孩。

所幸有大面積的樹叢緩衝，女孩被甩出後車廂之後，並沒有當場死亡，但是生命徵象非常微弱，送進了醫院之後，便一直躺在加護病房裡昏迷不醒。

當我帶著那隻兔子玩偶去看她的時候，女孩的父親面容憔悴地坐在病房外的長椅上。看到我拿著玩偶，他愣了一下。

「那個……我是來物歸原主的。」

我將兔子玩偶遞了過去。

男人接過玩偶，愣愣地看了許久，凹陷的眼眶微微發紅。

「這隻兔子，是她媽媽親手縫的，兔子的毛衣和褲子，也都是親手織的。自從她媽媽去世後，我女兒天天就把這隻兔子玩偶抱在懷裡……她說……只要看到這隻兔子，就感覺……感覺好像媽媽回來了……」

說著說著，男人潸然淚下，用手捂住了眼睛。

透過玻璃窗，我往加護病房裡看了看。

渾身纏著繃帶的小女孩一動不動地躺在床上，戴著氧氣罩。

女孩父親將兔子玩偶裝進了消毒袋，在徵得醫生允許之後，把玩偶放在了女兒的病床邊。

白髮少年向我深深鞠了一躬，隨後轉過身，化為了一道閃亮的白光，鑽入兔子玩偶中，消失不見了。

我想起了九夜說的，所謂物形，是自被傾注大量情感的舊物之中，誕生的靈魂。
而這抹靈魂，也會一直保護著主人吧。

第六章 洞・上

也不知道為什麼，左眼的疼痛越來越厲害。

有時候，我甚至會莫名地失去一段記憶。

例如此時此刻，才清晨五點半，我茫然地站在一樓客廳裡，因為我不知道自己為什麼會站在這裡。

我是剛從地板上爬起來的。

可是我明明記得，昨晚大約十一點，寫完一篇採訪稿之後，我確實是在臥室的床上入睡的，為什麼醒來時，卻發現自己在別的地方？

難道我夢遊了？我從來都不知道自己居然會夢遊，是因為最近太累了嗎？

我疲憊不堪地揉了下眼睛，感覺彷彿一整晚沒有睡過。

這幾天九夜出門去了，遲遲未歸。

這傢伙，從來都不告訴我他出門究竟是去哪裡、去幹什麼。當然，這是他的私事，我也沒有權利過問，只是……

只是他不在身邊的時候，我總覺得這個家裡空蕩蕩的，好像少了點什麼。

我看了看四周，輕聲嘆了口氣。

「小默默小默默，你睡醒啦？陪我一起玩水槍好嗎？」

阿寶拿著水槍興沖沖地從上樓跑下來。

影妖跳得比他更快，咚咚咚幾下，就彈到了我面前，往我頭上一蹦。

「球球，不要老是跳到我頭上，快下來。」

我伸手將那顆趴在我頭頂上的毛茸茸黑球捉了下來。

「小默默，一起玩水槍好不好嘛！」

阿寶一手拿著塑膠槍，一手扯著我的褲管。

我哭笑不得地蹲下身，說：「阿寶，現在太陽都還沒升起來，你就要玩水槍？想讓我陪你一起玩也可以，但是我就沒辦法做早飯了，你昨天不是說想吃南瓜餅和紅米粥嗎？」

阿寶眨了眨一雙黑溜溜的大眼睛，很乖巧地問：「那等小默默做好早飯，再陪阿寶一起玩水槍，可以嗎？」

我笑著點點頭，道：「嗯，可以，今天陪你玩個夠。」

「好耶！」

阿寶興奮地歡呼。

可是還沒等他歡呼聲落下，玄關處突然響起了一陣驚天動地的砸門聲。

沒錯，不是敲門，而是「砸」。

砰砰砰！砰砰砰砰砰！

才清晨五點半，天都還沒亮，這個時間點會是誰？

我疑惑地上前開門，誰知門一打開，一個蓬頭垢面、滿身泥濘、從頭到腳都散發著一股許多天沒有洗澡的酸臭味的「野人」闖了進來。

我忍不住捂著鼻子往後退了幾步，道：「請問你是？」

野人回過頭來，一邊拍著衣服上的泥巴，一邊問：「尉遲九夜呢？」

聽到這個熟悉的嗓音，再仔細看了看那張灰頭土臉的面孔，我驚訝道：「林、林警官？」

究竟發生什麼事了？堂堂刑警大隊的隊長，居然天還沒亮就一身狼狽地闖進家裡來？

可是這位刑警大叔似乎並未察覺到自己的行為有任何不妥，泰然自若地環視了一圈，問：「沈默，就你一個人嗎？那傢伙呢？」

「呃，阿夜他出門了。」

「出門了？幾時回來？」

「這個……他沒說，我也不知道。」

「嘖，真是麻煩！」

林崎煩躁地搓了搓沾滿灰塵的頭髮，忽然神情詭異地盯著我，道：「我記得，你是尉遲九夜那傢伙的助理，對嗎？」

「什麼？助理？」我一愣。

「裝什麼傻！你和尉遲九夜兩個人，不是一直在處理一些奇奇怪怪的事件嗎？別當我什麼都不知道，我還沒有那麼蠢！」

林崎瞪著眼睛。

我無言以對，只能尷尬地咧嘴笑笑。

「既然尉遲九夜不在，那麼就你跟我去一趟警局吧。」

說著，林崎一把拉住我就要往外走。

「喂，等等等、等一下！」我掙扎道，「去警局？請問我犯了什麼罪了嗎？」

「我不是來抓你的，而是……」

林崎無奈地嘆了口氣，說：「而是想請你幫忙。」

「幫忙？」

他沒有再解釋，不由分說地把我從家裡拖了出去。

我哭笑不得地往屋子裡喊了一聲：「阿寶，冰箱裡有蛋炒飯，你可以拿出來加熱當早飯吃！等我回來再陪你玩水槍！」

於是，清晨六點，太陽才露出一絲微弱的光芒，我就莫名其妙地被林崎拉到了警局的刑偵大隊重案組。

「隊長，你終於回來了？」

一名穿制服的刑警快步走過來。

「怎麼樣？有新的進展嗎？」林崎問。

對方搖搖頭，沮喪地嘆了口氣。

林崎不語，亦是神色凝重。

而讓我感到奇怪的是，眼前這名刑警，居然和林崎一樣，也是滿身泥濘灰頭土臉的樣子，我不禁疑惑地問：「怎麼回事？警局在施工嗎？」

林崎搖搖頭，說：「因為大家都爬過洞了，才搞得那麼髒。」

他整理了一會兒思緒，將整件事的始末告訴了我。

原來在三天前，刑警大隊抓獲了一名通緝犯，而負責審訊這名通緝犯的人，正是隊長林崎。

本來一切都進展得很順利，可是審訊到一半時，林崎接獲了一條重要線索，必須親自趕赴現場調查。

於是他留下了助手麻小凡，負責在審訊室裡看守通緝犯。

這名通緝犯是一個四十出頭的中年男性，名叫余鋒。

此人身上背負數條人命，是個窮凶極惡的連環殺人凶手，為人陰險狡詐、詭計多端，抓捕的時候費了很大一番工夫。

林崎離開後，麻小凡絲毫不敢有所怠慢，時時刻刻守在審訊室裡，寸步不離，生怕出了任何紕漏。

根據審訊室的監視錄影畫面，林崎離開大約半小時後，余鋒向麻小凡提出了想要上洗手間的需求。這屬於正當要求，儘管覺得麻煩，警方也無法拒絕，於是麻小凡便帶著他前往位於警局一樓的男士洗手間。

而從走廊的錄影來看，當他們走到洗手間門口，麻小凡替他解開手銬，打開門讓他進去，隨後自己守在了洗手間門前。

為了防止嫌犯脫逃，警局洗手間的每一扇窗戶都有安裝鐵柵欄固定，所以不必擔心嫌犯會從窗戶逃跑。

然而，麻小凡在門口等了許久，等來等去卻始終沒有等到余鋒出來。

約莫二十分鐘後，大概是覺得余鋒蹲廁所的時間太久了，好像有點不對勁，於是麻小凡打開門，走進洗手間查看。

說到這裡，林崎停了下來。

我聽得入神，忍不住追問：「然後呢？」

沒想到林崎搖搖頭，說：「沒有然後了。不只余鋒，就連麻小凡也沒有從洗手間出來。等我們進去查看的時候，整個洗手間空無一人，只在地面上留下了一個洞。」

「洞？」我皺了皺眉。

林崎道：「你來看了就知道了。」

這時，我們已經到了位於警局一樓的男士洗手間。洗手間門口拉著一道非常眼熟的黃色警戒線。這條警戒線平時都在外面的案發現場見到，如今拉在了警局裡，看起來感覺有點怪怪的。

林崎帶著我跨過警戒線，走進了洗手間。

在這個面積不大的空間裡，我一眼就看到了前方地面上的突兀大洞，就彷彿是被從天而降的隕石砸出來似的，洞口大致呈圓形，但是並不規則，直徑大約八、九十公分，剛好可以容納一個人勉強通過。

「這個洞是怎麼回事？」

我好奇地探頭往洞裡張望。

洞很深，裡面黑漆漆一片，一眼看不到盡頭。按照林崎的說法，那個通緝犯和麻小凡先後進入洗手間，就再也沒有出來，而地上留下了一個洞，難道……

「林警官，難道你的意思是，那個通緝犯在洗手間裡挖了個洞逃跑了？而麻小凡警官鑽進洞裡去追他，所以，兩個人都不見了？」

我看著地上的洞，覺得實在匪夷所思。

林崎沉默了片刻，道：「除此之外，我想不到其他的可能性。」

「可是……可是那個通緝犯和麻警官消失在洗手間，已經是三天前的事情了吧？整整三天，他們都沒有從這個洞裡出來？而且，要在水泥地面上挖出來這樣一個洞，絕對不是徒手就能做到的，難道那個通緝犯手裡還有挖洞工具？就算有工具，我也不認為他能挖出這麼深的洞啊。」

我搖了搖頭，怎麼想都覺得不可能。

「我明白你的意思。其實，你所有的疑慮我都思考過，可是找不到答案。」

林崎嘆了口氣，無奈地說：「要是我能知道余鋒是怎麼挖地洞，又或者麻小凡帶著余鋒從洞裡爬回來了，我又何必去找你和尉遲九夜？」

呃，這……林警官，你找我也沒有用啊，找九夜來或許還有辦法。

我不禁在心裡苦笑。

看林崎一副愁眉苦臉的樣子，我也嘆了口氣，隨後蹲下身，試著用旁邊的水管垂直放進洞裡測量，大概有兩米左右的深度，於是奇怪道：「不對啊，才兩公尺就到底了，他們能跑去哪？」

林崎搖搖頭，說：「兩公尺只是垂直深度而已。在這個洞下面，連接著一條傾斜的橫向隧道。和這個洞一樣，隧道也是人為挖出來的，而這三天時間以來，我們一直在反覆地爬那條隧道，可是始終沒有爬到盡頭。」

我感覺頗為意外，問，「那條隧道很長嗎？」

「何止是長啊，我簡直懷疑它沒有盡頭。」

林崎的神情越發凝重，說：「我們將人手分成兩組，分別試了很多次，時間最長的一次是我負責帶隊爬的，從下午兩點，一直爬到晚上九點多，整整七個多小時，始終沒有爬出隧道，最後由於所有人體力透支，再加上隧道內空間狹小，極度缺氧，再堅持爬下去恐怕會出事，所以不得不放棄。」

這番話聽得我目瞪口呆，忍不住問：「爬了七個小時，那是多長距離？」

林崎道：「按照一小時兩公里計算的話，少說也有十多公里。」

「十公里！」我不由得驚嘆道，「那個通緝犯能徒手挖出一條十公里長的地下隧道？還沒有到盡頭？這簡直太不可思議了！」

語畢，我又搖搖頭，道：「不，這不可能……」

如果不是通緝犯挖出來的，那這個地洞又是怎麼回事呢？

林崎低著頭，沉默不語，似乎也在思索。

我趴在洞口看了好一會兒。

這條隧道究竟會通向什麼地方？要是能知道最終目的地，或許可以直接去隧道的出口處追查。

我把這個想法說出來，林崎立刻搖頭，道：「根據我爬了好幾遍的感覺判斷，整條隧道是向地下傾斜的，照此推算，行進路線只會距離地面越來越遙遠，不太可能有地面出口。」

「也就是說，整條隧道是往地表以下越來越深？難道是要通到地心？」

我啼笑皆非地說著，與此同時，不禁越來越好奇這個洞的構造。

而比起這個神奇的洞，更重要的是，余鋒和麻小凡現在到底在哪裡？

林崎忽然抬起頭，目光灼灼地看著我，說：「如果真到了萬不得已的情況，即便讓余鋒逃了也沒關係，我只希望我的部下平安回來。所以，沈默，能不能請你幫幫忙？」

面對林崎的請求，我感覺十分為難，因為知道自己是真的沒有本事解決這個問題，但是又不忍心拒絕。

而且，之前白髮少年的事件，我還欠林崎一個人情。

不過眼下，我有什麼辦法可以幫他呢？

我摸了摸出門前特意放進口袋裡的影晶石眼鏡，道：「雖然目前我不知道自己能幫得上什麼忙，但是我可以爬進洞裡看一看。」

「好，我跟你一起去。」

林崎立刻說道，同時回過頭吩咐身邊的幾名員警，道：「去準備氧氣瓶和照明燈，再帶幾瓶水和壓縮餅乾。」

隨後，他上下打量了我幾眼，說：「你要做好心理準備，可能會在一片漆黑的環境爬行好幾個小時，這對體力和意志力都是極大的考驗，你可以嗎？」

「可以，沒問題。」

我很有信心地點了點頭。

雖然沒有九夜的聰明才智，但是論吃苦耐勞，我還是可以的。

然而，僅僅兩個小時不到，我就深深後悔了自己所說過的這句話。是我太小看這個洞了，爬進去的艱難程度超乎了我的想像。

直徑不足一米的地下甬道，且不論到處布滿碎石尖礫，也不管那狹小黑暗的空間，單單就缺氧程度來說，就已經足以致命了。

我戴著工程用的安全帽和頭燈，幾乎每爬行不到五分鐘，就要拿出可攜式氧氣瓶深深吸一口，才能有足夠的力氣繼續往前爬。

我感覺自己就像一隻地鼠，又或者一條蟄伏在地下蜿蜒蠕動的蛇，在漫長得沒有盡頭的暗黑甬道裡，一寸一寸地艱難前行。

而我也感覺到，這條甬道是整個往下傾斜的，因為爬行時帶起的小石子一直向前翻滾。

一條不斷向地底延伸、沒有盡頭的狹窄甬道。

說實話，我絕不相信這會是余鋒靠雙手挖出來的，可若非如此，難道這條地下甬道是本來就存在的嗎？

這是誰挖出來的？它為什麼會存在？出口又是通往哪裡？

一切，都是不解之謎。

我一邊爬，一邊思索著，大腦思緒卻越來越遲鈍。

「你怎麼樣？還行嗎？速度好像越來越慢了。」

後方傳來一個聲音。

我吃力地轉過頭，看到爬在我後面的林崎，正擔心地看著我。

「已經爬了兩個小時了，需要休息一下嗎？」他問。

顯然，這句問話是為了照顧我，畢竟我只是個普通人，沒有經過專業訓練，不具備刑警那樣良好的身體素質，但是我仍然搖了搖頭，拒絕了。

我怕一旦停下來，我便再也沒有勇氣向前繼續爬。

這就像跑馬拉松一樣，雖然辛苦，但是必須一鼓作氣。

對，一鼓作氣！

先不要胡思亂想！先看看這條甬道究竟通向何方！

我定了定神，藉著頭燈昏暗的光亮往前看去，咬著牙，奮力向前爬行。

就這樣，又爬了大約半個多小時，我累得氣喘吁吁滿頭大汗，不得不停下來，從縛在腰間的小袋子裡取出一瓶水，擰開瓶蓋灌了好幾口。

「林警官，我們現在大概爬了有多少距離了？五六公里有嗎？」

喝完水，我喘了口氣，一邊放回瓶子，一邊詢問。

林崎沒有回答我。

我又問：「你之前爬進來的時候，這條甬道裡有發生什麼異常情況嗎？」

後方一片安靜，林崎還是沒有回答我。

「林警官？」

我忍不住往後一看。

靠！人呢？

一直跟在我後面的林崎，居然不見了！

難道是我爬得太快了，他還沒有跟上來？

這不可能啊！明明剛才他還嫌我太慢，而且作為刑警，他的體力應該遠遠好過我，不可能跟不上我的爬行速度！

可是，人呢？現在人去了哪裡？

我茫然地望著身後空蕩蕩的黑暗。

林崎是從什麼時候開始不見的？為什麼我沒有發覺？明明剛才……剛才還感覺到，後面有人跟著一起爬行的聲音。

難道，那個人不是林崎？如果不是林崎，又是誰？

背後冒出了涔涔冷汗，我整個人如同石頭一樣，一動不動地僵持在原地，往前看是一片黑暗，往後看仍然是一片黑暗。

我就彷彿被丟進了浩渺的宇宙黑洞裡，孤零零一個人。

「林警官！你能聽到嗎？林警官！你在哪裡？」

我大喊了好幾聲，可是聲音就好像被這條甬道的黑暗吞噬了一般，等了許久，仍舊毫無回應。

真是要命，現在該怎麼辦？

眼下只有兩個選擇：一，繼續往前爬；二，返回。

究竟是前行還是後退？

理智告訴我，此時此刻，無論是體力還是意志力，恐怕都難以長時間維持下去，可是我始終覺得不甘心，都爬了這麼久，不想前功盡棄。

而且，我答應過林崎，會盡最大努力幫他找到麻小凡。

所以現在，我不能返回。

我喝了一大口水，吃了一塊壓縮餅乾補充體力，又吸了一會兒氧氣，隨後咬了咬牙，繼續往前爬行。

甬道裡塵沙瀰漫，在頭燈的照射下呈現出一片灰濛，我費力地喘著粗氣，一邊望向不知何時才能到達盡頭的遙遠前方，一邊努力匍匐前進。

可是爬著爬著，忽然間，我又聽到了身後有動靜。

喊嚓喊嚓。喊嚓喊嚓。

如果沒有聽錯的話，這、這分明……就是有人跟在我身後一起爬行的摩擦聲啊！

可是當我回過頭，身後仍舊一片漆黑，什麼人都沒有。

「林、林警官？是你嗎？」

我渾身毛骨悚然，壯著膽子問了一句。

然而並未得到回應。

我咽了口唾沫，定了定神，繼續往前爬。

沒過多久，那個聲音又來了！

嘁嚓。嘁嚓嘁嚓。嘁嚓嘁嚓。

什、什麼人……又或者說，是什麼東西在跟著我？

我再次停下來，猛一回頭，也不知道是不是錯覺，在一片昏暗的色調中，依稀有一抹更為濃稠的黑色陰影，從我身後一閃而過。

頓時，一切又安靜了下來。

怎麼回事？剛才是我眼花了嗎？

這麼狹窄的甬道，如果真的有東西跟在我後面，不可能看不到。

我想了想，摸出影晶石眼鏡戴上，再仔仔細細巡視了一遍。

真的什麼都沒有。

連影晶石眼鏡都看不到，那麼應該是錯覺吧？

我深吸了口氣，告訴自己不要太過緊張，又等了一會兒，確定四周空無一物，便再次前行。

這一次，才爬了短短十分鐘不到，我發覺甬道似乎變得開闊起來。原本我只能低著頭匍匐前進，而現在，我已經可以抬起頭了，身體四周還有餘裕，活動起來方便了許多。

空間一旦寬敞，窒息的感覺就沒有那麼強烈，速度也加快了不少。

又爬了二十來分鐘，甬道越來越開闊，我幾乎可以直起身子半跪起來。

為什麼會這樣？林崎之前帶隊爬了七個多小時，並沒有提及這條地下通道有這樣的變化，難不成……

腦海中閃過一絲微妙的想法。

難不成是這條地下甬道還有岔路？

是我不小心爬到了岔路上，才會和林崎「失散」？

我滿腹狐疑地看著甬道四壁，發覺周圍的泥土變得非常潮濕，土礫的縫隙間似乎有微小的水流不斷滲進來，將地面弄得濕答答的。

我摸了摸那些水漬，感覺有點黏稠，還帶著一股淡淡的腥味。

等等，腥味？

我用頭燈照著水漬，又看了看摸過水漬的手指。

果然，那根本不是普通的水，而是鮮血！

我將頭燈取了下來，照著血流最密集的一處牆壁，猶豫了一下，隨後開始徒手挖掘那些已經被濡濕鬆動的泥土。

沒過一會兒，甬道一側就被我挖出了一個不大不小的坑，再用力一堆，只聽到「嘩」的一聲響，整片牆壁竟然向後塌陷，露出一個黑黝黝的洞！

我簡直目瞪口呆。

洞？萬萬沒想到，牆壁後面，居然還有空間！

我狐疑地伸手探進洞裡，摸到了一樣類似布料的東西。我將那片布料從洞裡拉了出來，仔細一瞧，發現這竟然是一件衣服！

是一件非常眼熟的警服！上頭還染著斑斑血跡！

這應該是麻小凡的制服吧？他的衣服為什麼會落在這裡？

更關鍵的是衣服上還有血跡，難道……

我湊近洞口，往裡面看了看。

裡面一片漆黑，什麼都看不到，不過能感覺到空氣流通，有微微潮濕的風吹過來，我猜應該是一個相當寬敞的空間。

既然發現了衣服，麻小凡會不會也在裡面？

我毫不猶豫地將濡濕的泥牆又推開一部分，隨後整個人鑽了進去。

一股濃重的惡臭，伴隨著陰冷的濕氣撲面而來，我皺著眉頭捂住口鼻，將手裡的頭燈照向前方。

就在燈光閃過的一瞬間，一抹陰影從眼前一閃而過。

「麻警官？是你嗎，麻警官？」

我邁步追上去，冷不防地被人從身後一把拉住。

我嚇了一跳，回過頭，昏暗的燈光下居然看到了一張熟悉的臉龐！

第七章

洞・下

「阿夜？」

我驚訝地失聲喊了出來。

「你、你、你怎麼會在這裡？」

九夜豎起食指放在唇邊輕輕「噓」了一聲。

「我啊，是來找一個許久未見的故友。」

那語氣，自然得就好像在說「今天天氣不錯」似的。

我越發驚奇地瞪大了雙眼，問：「找故友？在這個洞裡？」

九夜微微一笑，也不回答，反而道：「小默，你又怎麼會在這裡？是不是又多管閒事了，嗯？」

「呃，我……」

我撓撓頭，小聲嘀咕著說：「林警官找不到你，就把我拖來了。」

九夜嘆了口氣，道：「你呀，這裡不是你該來的地方。」

「阿夜，你有沒有在這裡發現其他人？」

「其他人？」九夜挑了下眉。

於是，我把事情經過簡單說了一下，隨後道：「麻小凡警官和那個通緝犯，他們是不是也在這裡？我剛剛發現了這件警察制服，你看。」

九夜看了看我手中染血的衣服，並未表示什麼，只是拉著我叮囑道：「來，跟著我，不要亂走。」

我撇了撇嘴，欲言又止，只能乖乖跟在九夜身後，繼續往前走。

這裡的空間比剛才的甬道寬敞許多，可以直起身子步行，終於不用再匍匐前進了，可同時又讓我感覺疑惑，這個洞，難道也是那個通緝犯挖出來的？

走了一段距離，九夜忽然停下來，低頭看了看。

地上有隻鞋子。

一隻很髒的男式球鞋，沾滿泥濘。

再順著球鞋往前看去，地上有一條像是重物拖行出來的長長痕跡。

拖痕蜿蜒前行，旁邊附著著許多透明黏液。

「這是什麼狀況？」

我不解地皺了皺眉。

昏暗的光線中，九夜弧度優美的唇角微微一勾，似笑非笑。

「應該就在前面了，我們去看看吧。」他伸手摸了一下潮濕的地面，說道。

「看什麼？是麻警官他們在前面嗎？」

九夜朝我眨眨眼，詭祕一笑。

「喊，什麼嘛，還賣關子。」我生氣地瞪了他一眼。

九夜抬手搓了搓我頭髮，溫柔道：「你呀，好奇心這麼重，真是要改一改了，這世界上有很多事情，並不是人類可以隨便探究的。」

我悶悶不樂地斜眼看著他，沒有吭聲。

九夜握住我的手，說：「來吧，我帶你去看看。」

雖然不知道他究竟要帶我去看什麼，不過我還是任他拉著一同往前走去。

走了不到三分鐘，地上的透明黏液越來越多，越來越黏稠，幾乎要黏住我的鞋底，每往前踏出一步，便拉扯出許多條滴滴答答的絲液。

「這到底是什麼東西？好噁心。」

我小心翼翼地邁著腳，企圖避開滿地黏液，可是抬起腿，卻無從落腳，只能踩在了黏糊糊的液體上。

這時，九夜停下了腳步，壓低身形，伸手指著前面，用一種好像哄騙小孩子的口吻，引誘道：「小默，你快看。」

我充滿好奇地抬起頭，用燈光照射過去。

因為洞裡的黑暗太過濃稠，頭燈的一小束光亮打過去，只能照出一個隱隱約約的輪廓，看得不十分真切。

而就在那一片模模糊糊的視野裡，我好像看到……前方有什麼東西？

那東西一動不動地躲藏在洞穴最深處，在昏暗的燈光照射下顯現出一片巨大的陰影，彷彿一座小山丘，幾乎和黑暗融為了一體。如果不是九夜叫我看，我大概根本不會注意到那裡潛伏著東西。

「咦，那是什麼？」

我瞇起眼睛，往前仔仔細細觀察一會兒之後，喃喃道：「唔，看起來有點像是隻巨大的蜥蜴？」

突然，我倒抽了一口冷氣，因為我好像看到了一雙人腿！

那雙人腿，剛好掛在「蜥蜴」碩大的頭顱前方。

哦，不，不是前方，而是……是嘴邊！

靠！那東西正在吃人？

它將人吞進去了大一半，只剩下一雙腿。而那雙腿已經不會動了，牛仔褲的褲管上沾著斑斑血跡，腳上只穿了一隻鞋。

一隻滿是泥濘的男式球鞋，就和我半途看到的那隻鞋同個款式。

這麼說來，之前地上的拖痕，難道是這藏在洞裡的大傢伙弄出來的？

我驚恐地拉住九夜，結結巴巴道：「阿夜，那隻……那隻大蜥蜴……在在在……在吃人！它在吃人啊？」

九夜微微一笑，搖頭說：「那不是蜥蜴，是一種蛇妖，名為『虺』。虺喜歡鑽洞，躲在潮濕陰暗處。」

「居然是妖！」我略微驚訝。

九夜點點頭，又道：「關於虺，古時有過記載：『蒼南有虺，五百年化為蛟，蛟千年化為龍，龍五百年為角龍，千年為應龍。』所以別看它現在躲在地底下，倘若修煉得當，三千年後是可以變成龍飛上天的。」

我聽得目瞪口呆，深以為奇，急著道：「可是、可是那個𩲡在吃人啊！快點想想辦法！」

未料話音甫落，那個人的雙腿已經全被吃進了𩲡的大口之中。

𩲡並未咀嚼，只是將整個人囫圇吞下，就好像蛇類進食一般，我能很清晰地看到一個人形輪廓從它細長的脖子慢慢滑入腹中。

九夜搖搖頭，說：「太遲了，那個人的頭被吞下的時候，就已經窒息死亡，現在𩲡只是將一具屍體吞入腹中而已。」

「那個被吃掉的人是誰？」

我愣愣地看著蟄伏在暗處一動不動的妖物。

此時此刻這個黑洞內，除了我和九夜之外，唯一可能的受害者就是麻小凡和通緝犯余鋒了。而從那條牛仔褲推斷，被吞下去的應該是余鋒？

又或者，還有一種可能性。

「麻小凡……會不會已經先被吃掉了？」我駭然瞪著那妖物脹鼓鼓的腹部，就彷彿真的看到裡面塞了兩個人。

聽到我的話，九夜意味深長地看了我一眼，並未回答。

在吞下那個人之後，虺非常緩慢地晃動了一下。

不過它並不是想要往前爬，而是左右搖晃，像是吃太飽胃不消化的樣子。

隔了一小會兒，黑暗中突然冒出一聲聲脆響。

嘎啦！嘎啦！

我用燈光照過去一看，吃驚地發現那隻「大蜥蜴」的背脊上居然裂開了一道縫隙。

緊接著，又是數道脆響劃過。

縫隙越來越大，漸漸裂開了一個大口子。

「怎麼回事？它的皮膚裂開了。」

我驚訝地看著那隻虺。

「不是皮膚裂開，是它在蛻皮。」九夜笑了笑，說：「虺這種妖，其生長過程非常緩慢，從幼年到成年，需要經過幾十次蛻皮，而每一次蛻皮，體型就會長大一寸，直到最後一次蛻皮，背後長出一對翅膀，才算是完成了生長階段。」

嘎啦啦……嘎啦啦……嘎啦……

說話間，大量的透明黏液從牠背部的裂縫中汩汩湧出，而隨著黏液不斷噴湧，似乎有個東西正掙扎著從裂縫裡擠出來。

我目不轉睛地看著正在蛻皮的牠，就彷彿是在見證它的成長。牠的背部漸漸突出，如同一座小山，裂口被緩緩頂了開來，隨後從裡面伸出了一條細長的……白色觸手？

咦，等、等等等……等一下……

那不是觸手，而是一條手臂啊！

那分明就是一條人的手臂！

正當我驚訝之際，裂縫裡又伸出了第二條手臂！

那一雙手臂按住了裂口邊緣，稍稍用力，整個撐了起來。

我屏息凝神地注視著，大氣都不敢喘一口。

只看到那個龐大軀殼裡，慢慢地，慢慢地，鑽出來了一個……一個人？

對，沒錯！有腦袋，有軀幹，有手有腳，還會動！

天吶！那真的是一個活生生的人啊！

我張大了嘴巴，震驚得無以復加。

為什麼這妖物蛻皮之後，竟然會變出一個大活人來？

從朏的軀殼裡鑽出來的人赤裸著白皙的身子，渾身上下都沾滿了濃稠的黏液，辨認不出男女。他的行動非常遲緩，幾乎是手腳並用，笨拙又慢吞吞地爬到地上之後，便一直跪坐在那裡不動了。

他整個人低著頭，呆呆地，彷彿還在作夢一般。

我忍不住用燈光照過去。

感受到了光線，對方突然渾身一震，緩緩轉過頭來。

我驀地一驚，失聲叫了出來。

「麻、麻、麻警官？」

聽到聲音，那人先是一臉迷茫地愣了好幾秒鐘，隨後如夢初醒般陡然變了神色，失聲尖叫了起來，叫得比我還大聲。

「沈默？尉遲九夜？你、你們怎麼會在這裡？你們剛才看到什麼了？」

麻小凡一邊說著，一邊哆哆嗦嗦地蹭著地面往後退，直到退離光亮，縮進一片幽暗之中，整個人蜷成了一團不住發抖。

為什麼麻小凡警官會從虺的軀殼裡鑽出來？難道、難道他……

我已然被震驚到說不出話來。

九夜微微一笑，悠悠地回答說：「哦，我們剛才不過恰好看見你蛻皮了而已，還順便看見你吃掉了一個人。」

「你們、你們竟然全都看到了？」

麻小凡顯得更加慌亂無措，猛搖著頭，連聲道：「不！不是的！我不是故意的！我不是故意要吃他的！我不是故意的！」

「我當然知道你不是故意的。」

九夜仍然微笑，口吻淡然，道：「這只是你的本能罷了。」

我愣了一下，問：「你說什麼？本能？」

九夜點了點頭，看向麻小凡，道：「隱匿在人間這麼多年，這應該是你第一次蛻皮吧？虺在幼年期每隔百年蛻一次皮，蛻皮期間需要及時補充大量養分，而人類的食物已經無法滿足你的需求，只有吃更加營養的東西，才能填補胃部的饑餓感。而這時，剛好身邊就有那麼一個人，可以作為養分，作為滿足食欲的食物，於是你就迫不及待地──」

「不！不是的！不是那樣！」

麻小凡打斷九夜的話，驚恐無助地大叫。

「如果不是因為那傢伙，不是因為余鋒在洗手間裡企圖撬窗逃跑，如果不是被我發現，如果不是他衝過來跟我拚命……我、我也不會不小心傷到他……如果他沒有流血，如果沒有聞到血腥味，我也不會克制不住……我、我……我也不想吃掉他……我也不想的……為什麼事情會變成這樣……」

說著說著，麻小凡抱著膝蓋放聲大哭，哭得就像個孩子。

九夜平靜地看著他，說：「其實，你應該早就預料到了會有這一天，畢竟這段時日以來，你一直處於狂躁不安的狀態，不是嗎？你明明知道自己到了百年一次的蛻皮期，饑渴感也在逐漸攀升，你卻什麼準備都沒有做，什麼措施都沒有採取。

「一直等到那天，你剛好發現通緝犯余鋒企圖逃跑，你們起了衝突，而你一時發狂將他咬傷，聞到血腥味之後就變得更加難以克制本性，一個衝動之下，將余鋒吃進了嘴裡。

「這個時候，你已經變回了牠的原形，要開始蛻皮了。你非常害怕不安，因為不想被人發現，無奈之下，就在警局洗手間的地面挖了個洞，鑽入地底深處躲藏起來。」

一席話語落下，麻小凡蜷縮在角落裡，緊緊抱著自己的腦袋拚命搖晃，臉上涕淚橫流，一副又是惶恐又是無助的可憐模樣。

「為什麼……為什麼會這樣……我只想做個普普通通的人類，我不想變成妖怪……我是人，我不是妖怪……不是妖怪……」

痛苦又悲愴的哭聲一陣陣迴盪在漆黑的洞穴裡。

看著他，不知道為什麼，我心底隱隱一動，似是被勾起了某些回憶。

同樣的話，好像曾在哪裡聽過。

「任何物種的出生都是命中註定的，生而為妖，你沒有辦法改變。」

九夜的聲音非常冷酷，他目光淡漠地看著麻小凡，道：「對於牠而言，即便尚處於幼年時期，但你也在這世間活了百年之久，抵得上人類的一輩子了，早就該學會生存之道。

「無論妖也好，人類也罷，任何一個物種，物競天擇優勝劣汰，始終是亙古不變的道理。這個無情的世界不容許懦弱者存在，如果你一味拒絕接受自己的真實身分，一味逃避和躲藏，那麼，你只能永遠活在痛苦之中，永遠走不出陰影，最終迷失方向，或者自毀，或者被獵殺。你希望看到自己以這樣的結局收場嗎？」

字字句句鏗鏘有力地落下，麻小凡漸漸止住了哭聲，光著身子瑟縮著肩膀，許久不語。

我於心不忍，脫了件外套，走過去遞給他。

隔了好一會兒，麻小凡哽咽著問了句：「你、你是從什麼時候知道的？」

九夜淡淡一笑，說：「從第一次看見你開始。」

麻小凡一愣，道：「為什麼？我有哪裡做得不像人類嗎？」

「不，你做得很好。」九夜搖搖頭，說，「可是做得再好，畢竟你也尚未成年，還沒有學會好好隱藏住自己的妖氣。」

麻小凡又是一愣，不可思議地問：「你能捕捉到我的妖氣？你到底是什麼人？你……到底是不是人類？」

九夜只是笑了笑，並未回答。

九夜能夠輕而易舉地識破麻小凡的身分，麻小凡卻無法辨別出他是誰，嘖嘖，這就是老妖和小妖之間的實力差別嗎？

我嘆了口氣，問：「麻警官，接下來你打算怎麼辦？」

麻小凡呆了呆，惶惶然地說：「這件事，你們……你們告訴林隊長了嗎？是隊長讓你們來抓我的嗎？」

我搖搖頭，說：「不，林崎什麼都不知道。」

九夜也笑了笑，道：「我沒興趣看虺蛻皮，我只是來會一位故友而已。」

經他這麼提醒我才想起來，確實，九夜之前是說他來找一位許久未見的故友。這個故友究竟是誰，又為什麼會在這個洞穴裡？

九夜忽然轉過頭，淡淡說了句：「喂，你打算躲在旁邊看戲看到幾時？」

一陣笑聲自濃墨般的黑暗深處揚起，隨後緩緩走出一道修長的人影。那是一個一襲紅衣、身材高䠷，有著一頭火紅色頭髮的年輕男人。

這個人是誰？他什麼時候來的？

我吃驚地瞪著這個不知道從哪裡冒出來的紅髮男人。

沒想到這男人徑直向我走了過來，一邊走，一邊嘆道：「哎呀，這是小默嗎？好多好多年不見，小默都已經長這麼大了。」

哈？他的口吻，怎麼聽起來像是我某個親戚長輩似的。

我狐疑地看著他，問：「我們以前見過嗎？」

紅髮男人一愣，似乎意識到自己說錯了話，隨後尷尬地轉過頭，卻看到九夜冷冷地斜睨著他。

「呃，我、我是說……以前聽這傢伙提起過你，哈、哈哈……」

他乾笑幾聲，就這樣含含糊糊地將話題帶了過去。

我還想再追問，卻被九夜打斷了。

「蓮，你要的東西在那裡。」

他指著前方那一堆虺蛻下來的軀殼。

「哇！真的耶，是虺初次蛻皮的『胎殼』！尋尋覓覓了那麼多年，沒想到真的被我找到了！太好了！如此完整的胎殼百年難遇，是做七味藥引最佳的材料，簡直太棒了！」

紅髮男人嘖嘖驚嘆，兩眼放光地撲向那堆虺的軀殼。

蜷縮在一旁的麻小凡愣然地看著他。

我也是瞠目結舌。

九夜笑著解釋，這個紅髮男人，名字叫做蓮，別看他的外貌年輕，其實是個千年藤樹精，已經在人世間活了好幾百歲了。

這位藤樹精先生，平時痴迷於醫術藥理，喜歡自創各種奇藥，走遍天南地北，只為尋覓珍貴藥材。而這一次，因為知道蓮一定會對虺的軀殼感興趣，所以九夜特意前來此地會會故友，敘敘舊。

紅髮男人回過頭，哼笑了一聲，道：「胡扯，你才不是來找我敘舊的，恐怕你是有別事找我吧？」

九夜諱莫如深地微微一笑，沒有作答。

從洞穴裡爬出來的時候，已經是深夜時分了。

九夜和蓮沒有和我一起出來，也不知道他們打算從哪裡出去。

不過，他們兩個應該不用我擔心。

我將裸著身體沒穿衣服的麻小凡從洞口拉出來，爬回警局一樓地面的時候，所有守在洞口的人全都目瞪口呆地看著我們。

「麻小凡！太好了，你終於回來了！」

「這是怎麼回事啊？」

「麻小凡，你的衣服呢？」

大家圍攏過來，關切地問著，七嘴八舌地議論個不停。

「麻小凡！到底發生什麼事情了？余鋒呢？」

聽到聲音，林崎從門外大步走進來，粗暴地一把拉住了他的手臂。

看到部下平安無事地回來，我打賭林崎心裡肯定很高興，可臉上仍舊擺出了一副陰沉的模樣，板著臉孔地看著狼狽不堪的麻小凡。

麻小凡唯唯諾諾地低著頭，戰戰兢兢地說：「隊、隊長，對不起……我、我不小心……不小心殺死了余鋒……嗚嗚嗚……」

他撲通一聲跪了下來，哭著連聲道：「對不起，對不起……」

「你說什麼？你殺了余鋒？」

林崎簡直眼珠子都要瞪出來了，他實在無法想像，平時那麼膽小懦弱，甚至連槍都握不穩的麻小凡，居然會殺死一個人？

「這究竟是怎麼回事，你給我說清楚！」

林崎皺著眉，不過語氣已經緩和了下來，看著部下的眼神裡透出了擔憂之色。

我嘆了口氣，也不知道麻小凡接下來會如何解釋，他會不會向林崎坦誠說出自己的真實身分？但是毋庸置疑，他仍然想在這個世界上好好活下去——作為一個普普通通的人類，而不是妖怪地活下去。

按照九伩的說法，虺每隔百年才會蛻一次皮，只有在蛻皮的時候才會妖性大發想要吃人補充營養。

所以，等到下次蛻皮，那是非常遙遠的事情了。

而現在，我沒有打算揭穿他。

人也好，妖也罷，任何物種，都有活下去的權利。

看了看瑟瑟發抖的麻小凡，又看了看怒氣沖天的林崎，我默默轉過身，打算獨自一個人離開，可是不知道為什麼，忽然間整個人暈眩了一下。

我立刻伸手扶住旁邊的大理石洗手檯，頭暈目眩地抬起視線，看到鏡中的自己時卻瞬間一驚。

怎麼回事？這、這個人是誰，是……我嗎？

鏡中，原本平凡的臉孔上，突起了一條條粗長的青色筋絡，從脖子沿著下顎、兩頰，一直蔓延到眼角，如同扭曲的蠕蟲，攀爬在凹凸不平的皮層下。

而那一雙驚恐瞪圓的眼睛，已經變成了血紅色，彷彿噬人的惡魔。

臉……我的臉，為什麼會變成這樣？

我顫抖著手，還沒來得摸上自己的臉孔，渾身的血液剎那間沸騰了起來，一把熊熊烈火在體內竄起，燒得我忍不住哀號一聲，抓著洗手檯，整個人一下子跪倒在地。

背後響起腳步聲，有人走了過來。

「喂，你怎麼了？」

對方拍了拍我的肩膀。

我趕緊捂住臉，低著頭，可是渾身的灼燒感與痛楚仍在不斷加劇。

「不要再掙扎了，消失吧……」

一個低沉而沙啞的聲音，自喉嚨深處響起。

誰？是誰在說話？

我驚駭地搖著頭，痛苦地蜷縮起身體。

「你不要緊吧？是哪裡不舒服嗎，要不要去醫院？」

身後那個人仍在關心我，似乎想要扶我站起來。

體內的痛楚越來越劇烈，我無法控制地發出一聲狂吼，猛地轉身，向後方撲了過去。

在最後一瞬間，我看到了那名刑警臉上驚恐到扭曲的表情。

這是映入我眼底的最後一幕畫面。

第八章

輪迴

我不清楚自己究竟是陷入昏迷，或者只是沉睡了一場，整個人就彷彿醉酒之後失去神志，直到被一陣哭哭啼啼的抽泣聲驚醒。

醒來後第一眼看到的，便是那個抽泣聲的源頭。

麻小凡在哭，哭得嗚嗚咽咽。

他的身上仍然披著我給他的外套，可是外套上沾滿鮮血。

他縮在離我最遠的牆角裡，渾身顫慄著，驚恐萬狀地看著我。那絕望驚懼的眼神，就好像是看到了什麼極其可怕的事物。

「你……你到底……是、是什麼、什麼怪物？」

他的聲音顫抖得幾乎不成句子。

怪物？

身為妖怪的麻小凡，居然說我是怪物？

我一臉茫然，轉頭看了看四周。

周圍的牆壁上、窗戶上、門板上，到處都飛濺著一道道怵目驚心的血痕。

視線下移，林崎就倒在麻小凡身旁不遠處。

林崎手裡還握著槍，食指扣在扳機上，似是蓄勢待發。他倒在血泊之中，最嚴重的傷口在胸前，五道獸爪的爪痕撕裂血肉，深可見骨，慘不忍睹。此刻，也不知是死是活。

林崎的後方歪歪斜斜地躺著一個人，臉上血肉模糊，辨認不出面目。

而在稍遠處，洗手檯前的地上，又倒著另外一名身穿制服的年輕刑警。

我認出了那張僵硬抽搐的臉孔。

他就是之前來扶我肩膀、問我有沒有事的那個人。

可是現在，他同樣滿身鮮血地倒在地上。

在這個並不算寬敞的空間裡，充斥著一股濃濃的血腥味，刺激著我的大腦神經。

我又是震驚又是迷茫地看著這一切，完全不知道究竟發生了什麼事情。

而這時，洗手間門外忽然響起一陣騷動。

一名肩膀負傷的刑警帶著另外兩名同事，急急忙忙地向這裡跑來。

「就、就是他！快抓住這個人！他、他、他是個怪物！」

肩膀負傷的刑警伸手指著我，神色慌亂，聲音裡仍舊帶著劫後餘生的驚恐與顫慄。

怪物？為什麼大家都說我是怪物？

不！不是的！我不是怪物！

我驚慌失措地搖了搖頭，那兩名警察卻已經拔出手槍對準我。

「不要開槍！不要！我、我不是怪物！不是怪物！」

看到黑洞洞的槍口，我駭然失色，一連往後踉蹌了好幾步。

「把手舉起來！不准動！」

握槍的警察往前逼近一步。

我渾身發顫，背貼著牆壁，緩緩舉起雙手。

直到這時，我才看清楚自己的手。

只見雙手血跡斑斑，赤黑色的血漿從指尖一直蔓延到袖口，濡濕了整條衣袖，還在滴滴答答地往下淌著鮮血。而我的衣服，也早已經被浸透。

然而，這些血，全都不是我的。

「把手舉起來！否則我就開槍了！」

眼前的警察突然一聲厲喝，把我嚇了一跳。

「不要開槍！」

我惶恐地搖搖頭，立刻舉起雙手。

兩名持槍警察目不轉睛地盯著我，其中一人從腰際摸出手銬，大聲喝斥道：

「轉過去！趴在牆上！不准動！」

我害怕得膝蓋發軟，只能照著他的話，哆哆嗦嗦地轉過身趴到牆上。

「不、不是我……我、我什麼都不知道……真的不知道……」

我舉著雙手，伏在牆上，無力地小聲辯解著。

「不要再狡辯了！我明明就看到你變成怪物，打傷了林隊長，然後又——」

背後憤怒的斥責才說到一半，就戛然而止。

周圍突然安靜了下來，什麼聲音都沒了。

我小心翼翼地轉過頭，看到身後站著一個熟悉的人影。

「小默，我來接你回家。」

九夜溫柔地微微笑著，對我伸出手。

而剛才那幾名警察，全都消無聲息地倒在了他的腳下。

麻小凡仍然蜷縮在角落裡，瞪大眼睛看著我和九夜。

「阿夜，我、我不知道這是怎麼回事……我、我……」

我撲過去緊緊抓住九夜的手，害怕得整個人都在發抖。

九夜抱住我，輕輕拍了拍我的後背，柔聲道：「沒事了，走，回家吧。」

只是簡簡單單的一句話，卻有無比強大的力量，足以令我心安。

顫慄的身體終於稍微恢復鎮定，我擦了擦不知何時落下的淚水，又轉頭看了看滿地的鮮血，與橫七豎八倒在那裡的員警。

「沈默，你、你到底是什麼……」

麻小凡驚疑地望著我。

我亦是滿臉茫然地看著他。

「走吧。」

九夜輕輕拉了我一下，將我帶離了警局。

回到家中，已是凌晨兩點。

那個叫蓮的紅髮男人坐在客廳的沙發上，和阿寶還有影妖一起玩著遊戲，正當哈哈大笑之際，看到我突然間滿身是血地出現，所有人都吃了一驚。

「小默怎麼了？受傷了嗎？」

蓮立刻站起來，關切地看著我。

「小默默……」

阿寶想撲過來，卻又一下子頓住。

我也知道自己此時此刻的模樣太嚇人，下意識地往九夜背後躲了躲。

「我、我沒事……」

我無力地搖搖頭，聲音輕得大概只有自己才能聽到。

而大腦仍舊是一片空白，整個人恍恍惚惚的。

九夜轉過身來擁住我肩膀，溫柔地說：「小默，這些天你一直說左眼很疼，所以我特意找蓮過來，請他幫忙看看，蓮的醫術很精湛。」

原來，九夜來找這個故友，是為了幫我檢查眼睛啊，可是現在……

「我感覺很累，想先洗個澡，換件衣服。」

我抱歉地看了看那個紅髮男人，疲憊不堪地說道。

「不急，你先好好休息。」

九夜點點頭，注視著我的眼神裡滿是擔憂之色。

我有點魂不守舍，腳下無力，搖搖晃晃地走去浴室。

脫下血跡斑斑的衣服，沖淋在清澈的水花之下，我發現自己渾身皮膚布滿了一道道猙獰扭曲的紋路。那些紋路的顏色深淺不一，縱橫交錯，如同蛛網般遍布在全身。

我顫抖地看著這些不知何時出現的紋路。

這段時日以來，我竭力不去思考，不去深究，一直逃避現實，裝作什麼事情都不曾發生，裝作什麼都不知道。可是，許多細碎的回憶伴隨著各種謎團，彷彿鬼魅一般糾纏在心頭，無論如何都揮之不去。

比如，胸口莫名出現的那短短兩寸不到的傷口究竟是怎麼回事？

比如，為什麼我經常會有一些斷斷續續、離奇消失的記憶？

再比如，左眼的疼痛，我知道那絕不是偶然，也不是因為勞累所致。

因為，左眼不僅僅是疼，而且還會閃現出各種紛亂的幻覺。

例如飛機失事現場，我看到年幼的自己在哭喊，滿身是血，絕望無助地跪在遍地屍首與飛機殘骸之中。那一幕幕有如地獄般的畫面，真實得令我膽寒。

還有，剛才在警局洗手間裡，那個迴盪在耳邊的嘶啞聲音，到底是誰？以及，出現在我身上的紋路又是怎麼回事？

謎團接踵而來，所有問題都找不到答案。

我像是陷入了一個永遠無法脫離的黑暗迷宮。

焦灼、彷徨、不安、恐懼，無時無刻不在碾壓著我的神經。

我頭暈目眩地倚靠在冰冷的牆磚上，如同溺水一般大口地喘息著，想要尋找一個可以解脫的出口，可是壓在心頭的巨石讓我感覺越來越窒息，越來越無力承受。

在一片「嘩啦啦」的水聲之中，我彷彿聽到了一個個不同的聲音自四面八方湧來，起起落落縹縹緲緲，不斷縈繞在耳畔。

獵妖師指著我冷笑：「呵，原來你也是個怪物！」

麻小凡驚恐地看著我：「你、你到底是什麼怪物？」

員警拿槍口對著我：「就是他！他、他是個怪物！」

怪物、怪物、怪物、怪物……

「啊啊啊啊啊啊啊！」

我瘋了一樣地嘶聲咆哮，一拳又一拳地狠狠重擊在牆壁上。

我不是傻子，我知道有許多事情一直被深深隱藏著，可是我追查不出來。而這些天以來，我也真切感覺到了自己的身體正在發生著某些變化。

某些，令人毛骨悚然的變化……

這到底是怎麼回事？怎麼回事！

誰來告訴我？誰能告訴我！啊啊啊啊啊！

我痛苦而絕望地吼著，無助地跪倒在浴室之中。

心中那一道原已搖搖欲墜的壁壘，如今轟然坍塌。

我徹底崩潰了，歇斯底里地大喊大叫，宣洩出壓抑已久的躁鬱。

九夜聞聲衝進來，用浴巾裹住我的身體，一把抱住我，竭力地勸說安慰。可是我什麼都不想聽，一邊哭著，一邊用指甲拚命抓著自己的手臂和身體，想要將那些詭異的紋路撕扯殆盡。

不！不是！我不是怪物！不是怪物！

淚水一顆顆滾落下來，我淚流滿面，絕望地哭得像個孩子。

皮膚被抓破，湧現出了斑斑血痕。

九夜一把扣住我的雙手，將我按在懷裡，遮住了我的眼睛。

眼前驀地一黑，我頓時失去了意識。

一片幽暗沉寂之中，我渾渾噩噩地躺在床上，臉上的淚水早已經乾涸，只是木然地睜著雙眼，空洞地呆望著天花板上的一抹陰影。

現在是凌晨四點，我不知道自己是幾時清醒過來的，醒來之後便一直呆滯地躺在那裡沒有動過。

全身的力氣彷彿耗盡，思續空白，頭腦混沌。

窗外的天色仍舊是漆黑一片，有一絲絲輕微的風聲從窗縫鑽進來，嗚嗚地吹過，在寂靜的夜色裡聽起來格外綿長而幽怨。

我在床上躺了許久，終於還是慢慢摸著床沿，用力撐起了身子。

沒有開燈的屋子裡昏暗異常，我穿著睡衣，光著腳，如同魂不附體的鬼魅一般，踉踉蹌蹌，搖搖晃晃，走出房門，抓著扶手，沿著樓梯一步一步地邁下臺階。

一樓客廳裡，傳來了兩個人對話的聲音。

我停在樓梯轉角，看到九夜正佇立在窗邊，修長的背影湮沒在淡淡的夜色中。

一襲紅衣的蓮坐在壁爐邊，一手撐著頭嘆氣。

「蓮，真的沒有辦法了嗎？」

九夜的聲音自窗邊傳來，語調平穩，聽不出任何情緒。

「其實你早已知道答案了，不是嗎？」

蓮交疊起雙腿，苦笑著搖搖頭，說：「連你的力量都無法封印，靠我的那些藥物，怎麼可能會起作用？」

話音落下，九夜一聲不響地對著窗外的寂靜黑夜，也不知道究竟在想什麼，微拂的夜風輕輕撩動著他的髮梢。

隔了一會兒，蓮又道：「我已經看過那孩子了，給他服下了一些藥物，雖然可以暫時穩固魂魄，但是完全壓不住。你的封印消失了，寄宿在他體內的那個傢伙已經開始甦醒，就算你一直刻意隱瞞，我猜小默那孩子應該也察覺到了，所以剛才才會發狂失控。」

九夜仍舊不語，斜倚在窗臺邊，低垂著視線，白皙俊美的面龐上露出了一種鮮有的疲憊之色。

蓮站了起來，煩躁地在屋子裡來回踱步。

「事到如今，恐怕沒有退路了。」

他停下腳步看向九夜，緩緩道：「你應該明白，身為人類，小默的七魂六魄並不完整，他只是個容器而已，體內沉睡著上古妖獸，混沌的元神的容器。一旦那傢伙完全甦醒，就會立刻占據這具身體，而小默殘餘的魂魄，也將會從此灰飛煙滅。到時候，你要面對的是力量完全復甦的混沌。

「數百年前，你與混沌在崑崙一番惡戰，也只是堪堪險勝。如今你受黃泉水所傷未癒，左眼失明，元神受損，倘若再戰，恐怕……不是混沌的對手。現在唯一的辦法，只有在那傢伙完全甦醒之前——」

說到這裡，蓮的眼神裡綻出了一絲冷光。

他低聲說了四個字：「殺死小默。」

我猛地吃了一驚，腳下一滑，整個人從樓梯上摔了下去。

「小默？」

九夜回過頭來，驀地一愣。

我摔在地上，膝蓋撞到臺階，痛得站不起來。

「小默，你沒事吧？」

九夜快步走過來，伸手扶我。

我往後退縮了一下，避開了他的手。

九夜的手凝滯在半空，神色複雜地看著我。

「你們剛才……在說什麼？」

我聽到自己的聲音在發抖，又驚又懼地看了看九夜，又看了看蓮，顫聲道：「你們……你們想……想要殺我？」

「不是的，小默，我——」

「因為我是怪物！所以你們都想要殺我，對嗎！」

我用盡力氣憤怒地吼了一聲，打斷了九夜的解釋。

「小默，冷靜點。」九夜伸手扶住我。

我用力推開他，咆哮道：「滾開！不要碰我！」

九夜搖搖頭，道：「小默，事情不是你想的那樣。」

「住口！」我怒不可遏地瞪著他，不爭氣的淚水一顆顆滑落，「別以為我什麼都不知道！我心裡很清楚，你一直……一直都在騙我！事到如今，我沒有辦法再相信你了！」

我擦乾淚水，嘲諷地笑了笑，又喃喃地說：「真是夠了……我不想再被你愚弄了。這麼長時間以來，我像個傻瓜一樣，一直這麼信任你……把你當成摯交，當成家人……沒想到你一直在謀劃著殺我……這真是……真是他媽的好笑！哈，哈哈，哈哈哈哈……」

我仰頭大笑，淚水順著臉頰滑下，模糊了視線。

九夜閉上眼睛，沉默不語。

竟然連一句話、一個字都沒有解釋。

原來他……他是真的，有想過要殺我……

哈！哈哈哈！哈哈哈哈……

我淒涼地大笑，踉蹌著爬起身撞開大門，光著腳，奔入屋外一片茫茫夜色之中。

我拚命奔跑，可是又不知道該逃去哪裡。

九夜從屋子追了出來，在背後喊我。

「小默！小默！」

我沒有回頭，竭盡全力地在漆黑的樹林裡狂奔不止。

淒厲的風聲呼嘯而過，清涼的月色如薄紗籠罩。

腳下踩到了枯枝和碎石，腳底磨出了血痕，可是我絲毫感覺不到疼痛。

漸漸地，視線越來越模糊，周圍搖晃的茂密枝葉顯得鬼影幢幢。

雙眼灼痛，耳際嗡鳴，似有一股強勁的力量在體內噴湧，在四肢百骸流竄。

我越跑越快，彷彿脫韁的野馬，甚至速度快得連身後的九夜都沒有追上來。

眼前的景致流轉不止，我仰天咆哮，吼聲驚天動地，震徹夜空，驚起一群棲息的林鳥撲騰著翅膀四處逃竄。周圍的樹木沙沙作響，茂密的樹冠葉搖枝顫，落葉紛紛揚揚飛撒而下。

我感覺到自己的行為不受控制了。

我想叫喊，可是喊不出聲音，我想慟哭，可是流不出淚水。

我想……我想停下來，可是雙腿根本不聽使喚！

等我意識到的時候，一切都晚了，自己已經什麼都做不了。

恍惚間，有什麼東西正在從身體裡漸漸遠去，取而代之的，是在體內奔湧的氣血，渾身如同火燒一般灼燙，緊接著只聽到「滋啦」一聲撕裂的促響，背後衣服好像被撕扯開來。

伴隨著一陣撕裂般的劇痛，一雙灰褐色的豐碩羽翼，從我背後伸展開來，在一片血光之中，筆直刺向天際。

我強忍著痛楚，驚恐卻又無能為力地看著這一切。

鐵鉤般的漆黑指甲從指尖延伸而出，胸口肌肉賁張，瞬間崩裂衣襟，有如蚯蚓般又粗又長的黑色筋脈，從手背一直蔓延到臉頰，遍布全身。

口中暴出一雙尖銳的獠牙，帶著腥味的舌頭輕輕舔舐了牙尖。

「嘖嘖，這具人類的身體還真是好用啊！」

我抬起頭，瞇起眼，仰望遙遠的天際，陶醉地深吸一口氣，從喉嚨裡發出猖狂大笑，隨後意氣風發地轉過身。

倏地，一條紅繩迎面而來。

紅繩速度極快，快到令人眼花撩亂，明明是條柔軟的繩子，甩過來的力量卻偏偏如同皮鞭一般強勁有力，瞬間緊縛住我身體。

紅繩勒進肉裡，滲出一道道血痕。

我不慌不忙地笑了笑，從容地望向對面走過來的熟悉人影。

那個人的背後同樣伸展著一雙巨碩的羽翼，修長的身形如風如劍，自密林深處一步一步地踏出來，清冷月輝下，露出一臉我從未見過的冷酷神情。

「唷，老傢伙，我們又見面了。」

我歪過頭，舔了舔舌頭，淡然地望著他。

九夜沒有說話，突然手腕一抖，束縛在我身上的紅繩一緊，將我整個人捲了過去，隨即被一掌定在了樹幹上。

蒼翠的樹葉嘩啦啦地飄落下來。

被掌風震到的胸口痛徹骨髓，可是我喊不出來，只能眼睜睜地看著九夜。

「怎麼？縛魂鎖都甩了出來，卻只是將我困住？」

我眨了眨眼睛，笑咪咪道：「嘖嘖，這可不像你的作風啊，當年在崑崙決鬥，你用縛魂鎖一擊洞穿我胸口的氣魄到哪裡去了？」

九夜沉著臉，沒有說話。

「嘖嘖，捨不得，對嗎？」

一絲狡猾又陰冷的笑意緩緩劃過嘴角，只聽我惺惺作態地嘆了口氣，搖搖頭，說：「何必呢？那孩子的魂魄本就不完整，現在我已經完全甦醒，只要我稍微動一動真力，他那脆弱的靈魂立刻就會灰飛煙滅，所以，你又何必顧慮那麼多？那孩子，本來就是要死的，只不過或早或晚而已。」

話音落下，九夜那雙幽深的瞳眸裡漸漸起了波瀾。

他似是痛苦地閉了下眼睛，低聲道：「小默，我知道你現在動不了，但是你還能聽得見我說話，對嗎？小默，答應我，無論如何，一定要保持清醒！」

在聽到這句話的時候，我早已感覺整個人昏昏沉沉，好像意識正在被漸漸抽離這具軀體，即將魂飛魄散。

我……我也想要保持清醒，可是……可是好難啊……

我看著九夜，努力不讓自己意識矇矓。

「呵，沒用的，再怎麼掙扎都是徒勞。」

我哼笑了一聲，渾身用力一繃，縛在身上的紅繩應聲而斷。

淒厲的寒風之中，陰鷙冷笑不絕於耳，但見利爪揮起，爪尖鋒芒暴漲。

阿夜！小心！

我急得在心中大喊。

九夜身形一轉，瞬間躍開數丈之遙，與此同時，手中斷繩閃耀起一片紅光，光芒之中，那條短短的繩索化為了一柄鋒利的長槍。

伴隨著一道凌厲風聲劃過，長槍破空襲來，勢如貫虹。

我趕緊側身避讓，可是仍然被掃中胸口，只覺一陣刺痛，頓時鮮血飛濺。

長槍並未停下，紅光一閃，彷彿撕碎漫天星辰，抖落無數星光。

鏘！

我抬臂格擋住了長槍，然整個人止不住地向後滑行，直到撞在一棵樹上。

也許是九夜的力量太過強大，也許是這具身體剛剛從沉睡中甦醒，還沒有完全恢復，我明顯感覺到了兩者之間的實力差異。

「怎麼？你真的想殺我？」

我被抵在樹幹上無法動彈，悠悠道：「你真的，捨得？」

清冷夜色中，九夜居高臨下，面無表情地看著我，雖然沒有說話，可是手中長槍的力量明顯減弱了不少。

我忍不住笑了起來，勝券在握。

因為我知道，他一定，一定不捨得。

「接下來，你不准做任何反抗。」

我貼住長槍，湊到九夜耳邊，壓低聲音道：「你若敢輕舉妄動，我便立刻讓這孩子永遠魂飛魄散。你知道，我做得到的。」

九夜咬著牙，仍是沉默不語。

我哈哈大笑，四周颳起一陣旋風，滿地落葉在風中旋轉，四散飛舞。就在這一片凌亂的落葉之中，突然強光暴起，鋒芒一閃。

漫天血光飛濺，染血的黑色羽翼自半空紛揚飄落。

等我看清楚的時候，九夜已經落在三尺之外，整個人半跪在地，雙手撐住長槍，而他背後那雙巨大的黑色羽翼，已經……

只剩下了半截殘翅。

這一切，只發生在轉瞬間。

我親手……撕裂了九夜的翅膀。

九夜跪在地上，噗地噴出一口鮮血。

月光之中，伴隨著四起的夜風，漫天黑羽仍在洋洋灑灑地飄落。

我從容不迫地走上前，抬起尖銳的利爪，舔舐著爪尖流淌下來的鮮血。

「嘖嘖，味道真不錯。」

我笑吟吟地看著九夜，緩緩道：「當年與你在崑崙一戰，我身受重傷，逃亡人世間，在元神即將進入休眠之前，恰好在溪邊看到了這個人類的孩子，於是，我吞吃了他的三魂兩魄，將自己的元神植入他的靈魂，使他成為了我沉眠的容器。

「隨著這孩子輪迴轉世，我一直在他體內沉睡休養，數百年來，你明明有無數機會可以殺了我，可是你始終沒有動手，一次一次地錯失機會，甚至，還為了這個容器喝下黃泉水，毀去左眼，靈力大損。

「當初我千算萬算，卻未曾預料到事情竟然會這樣發展……這真是……真是太有意思了……看來我選對了人啊，哈哈哈哈哈哈……」

在一連串張狂的笑聲中，我早已淚流滿面，努力地想要看清楚受傷的九夜，可是視線，卻逐漸模糊了起來。

恍恍惚惚中，也不知道究竟發生了什麼事，我只感覺到掌心一熱，似乎有某種溫熱的液體漫過手掌，順著手臂滴滴答答地淌落。

我咬住牙關，竭力保持清醒，睜著眼睛努力向前看去。

還未等視線清晰，便有一團人影迎面撲倒下來，剛好撞在我的肩膀上。

我一愣，緩緩抽出手臂，只看到自己滿手都是猩紅的鮮血。

而倒在肩上的那個人，抱住了我。

很用力地，緊緊地抱住了我。

「小默，對不起……」

耳邊響起了氣息紊亂的聲音。

九夜將我按在心口，劇烈喘息著，似是在忍受著極大的痛楚，斷斷續續地呢喃道：「小默，對不起，是我一直在騙你……你恨我也是應該的……對不起……對不起……小默，原諒我，好不好……我不想被你恨……」

聽著這些話，聽著這一聲聲「對不起」，淚水無法抑制地從眼角流下，可是我的嘴邊仍舊掛著冷笑，說：「沒用的，這孩子只是個軀殼而已，他剩餘的魂魄很快就會灰飛煙滅，永永遠遠地消失了。」

然而，九夜沒有放手。漫天灑落的星輝之中，他緩緩抬起臉，俊美而蒼白的面容上帶著九夜獨有的那種淡然、親切又溫柔的微笑。

他捧住我的臉，深深凝視著我，隨後閉起眼睛，一點一點地貼了過來。

當溫熱的雙唇覆上我的嘴唇之際，我整個人一愣，剛想逃避，卻已經來不及了。

九夜撬開了我的唇齒，伴隨著一股淡淡的血腥味，我感覺到有個滾燙的東西，順著我的咽喉滑了下去，落入腹中。

「你！你瘋了嗎！」

我駭然大驚，可是吞下去的東西，已經吐不出來了。

「小默，別忘了，這是我和你的……約定……」

九夜面色蒼白地微笑著，附在耳畔，對我輕聲低語。

話音徐徐落下，我徹底堅持不下去了……視線漸漸矇矓，聽覺漸漸虛幻，思緒越來越恍惚。

最終，意識被迫抽離，整個人陷入了一片虛無縹緲的黑暗之中。

雪……

紛紛揚揚的鵝毛大雪……

好似漫天白蝶翩翩飛舞，將整個世界湮沒在一片銀裝素裹的色調之中。

身材修長的年輕人，穿著一襲單薄白衣，緩步走在厚厚的雪地裡，任飛雪飄零，卻彷彿絲毫沒有感覺到寒冷，仍舊保持著不緊不慢的步伐，一張俊美秀麗的臉龐上面無表情，一雙漆黑幽深的眸子始終注視著前方一個小小的身影。

那是一個八、九歲的孩童，著一身灰布舊襖，懷裡緊緊抱著一個布袋子，低著頭，也不看路，從不遠處的集市裡匆匆忙忙地奔跑過來。

一個不小心，男孩撞在了白衣人身上，撲通一下，一屁股跌坐在地。

懷裡的布袋子滾落雪地。

「啊，對、對不起，對不起……」

男孩慌忙道歉。

他跪在雪地裡，伸出一雙滿是凍瘡的小手，彎著腰，四處摸索。布袋明明就在觸手可及的地方，他卻好像找不到。

原來，男孩是個瞎子。

可惜生了一雙漂亮的黑色大眼睛，卻什麼都看不到。

所以，他自然也沒有看到白衣人手裡的短劍。

那柄短劍的劍刃，正對著他的頸項，鋒芒盡顯，殺機畢露。

「今天好冷啊，你吃過午飯了嗎？」

男孩笑咪咪地抬起頭，凍得通紅的粉嫩臉頰，將將就擦在鋒利的劍刃邊。

白衣人沒有說話，雙眸微瞇，一聲不響地看著他。

手裡的短劍，既沒有收起來，也沒有再入分毫。

等了一小會兒，不見對方有回應，男孩從懷裡摸出那個撿回來的布袋。

他打開布袋，從裡面取出來一個熱氣騰騰的包子，遞了過去。

「你餓嗎？這是剛從集市裡買來的包子，還是熱的喔，給你嘗嘗。」

白衣人仍是一動不動，握劍的手，卻加了三分力。

「你怎麼了？」

男孩疑惑地歪了一下頭。

片刻之後，又彎起眼睛笑了起來，道：「這家店鋪的肉包子很好吃的，給你。」

男孩抬眸「注視」著他，笑起來的樣子非常好看，面龐娟秀，眼神明亮。

那溫暖的笑容，恰似散落在冬雪中的陽光，叫人看了心暖。

白衣人望著包子，又看了看男孩，躊躇良久，慢慢地，放下了短劍。

凜冽的寒風裹挾著紛揚的飛雪，悄無聲息地從半空裡飄落下來。兩人並肩坐在路邊的屋簷底下，男孩將熱乎乎的包子塞進了白衣人手裡。

白衣人遲疑地問了句：「這東西，叫做包子？」

「咦，你從來都沒有吃過包子嗎？」

男孩驚疑地眨了眨眼睛。

白衣人不語。

男孩又道：「你吃吃看，很香。」

白衣人猶豫了會兒，隨後輕輕咬了一口。

頓時，鮮美的肉包香氣四溢開來。

「怎麼樣，好吃嗎？」

「嗯。」

男孩開心地笑了起來，低頭將懷裡剩餘的包子仔細地包裹好。

白衣人若有所思地看著他。

男孩低下頭的時候，剛好露出來一小截頸項，而就在他的後頸處，有一塊形狀特別的赤紅色印跡，襯著白皙的膚色顯得格外奪目。

這塊紅色印跡，便是混沌沉睡在這個人類孩子體內的證明。

這個人類孩子被混沌吞食了三魂兩魄，只要將剩餘的四魂四魄斬斷，那麼，寄宿在他靈魂中休眠的混沌元神也會隨之消亡。

可是，一旦斬斷靈魂，也就意味著……

這孩子，將會永生永世無法進入輪迴，從此灰飛煙滅，不復存在。

「我叫小默，你叫什麼名字？」

男孩轉過頭，笑容暖暖地「望」著他。

白衣人略一遲疑，淡淡回了兩個字：「九夜。」

「九夜，九夜……好奇怪的名字呀……」

男孩笑了起來，聲音甜甜地問：「九夜哥哥，你吃過雞蛋餅嗎？」

「那是什麼？」白衣人不解。

男孩認真地說道：「雖然，我的眼睛看不見，但是因為爹爹常年在外出海捕魚，我娘又一直臥病在床，家裡沒有其他人，所以每天的伙食都是我做的，我會做很多好吃的。要是你願意，明天我做雞蛋餅讓你嘗嘗，好嗎？」

白衣人愣了一下，神情複雜地看著他，看著男孩那一雙仍舊稚嫩、卻布滿各種傷痕的小手，既沒答應，也沒有拒絕。

躊躇良久，握在手中的斬魂劍，終究，還是收了回去。

那一年春天。

清風微拂，竹葉沙沙。

「阿夜！阿夜！」

一個小小少年，聲音清脆地喊著，一邊抱著一張琴，一邊飛快地在竹林裡奔跑。

竹林裡佇立著一個身著白衣的年輕人，聽到聲音便轉過身來。

只見那眉清目秀的小小少年飛奔而來，一把拉住他衣袖，興奮道：「你昨天教我的那首曲子，我已經學會了！我彈給你聽，好嗎？」

白衣人微微一笑，點頭道：「好。」

於是小小少年立刻尋得一處高石，盤腿坐了下來，將琴橫在膝頭，隨著十指在細弦上輕盈舞動，美妙的曲聲婉轉流瀉。

白衣年輕人站在一旁安靜地看著他。

小小少年彈琴彈得十分認真，低著頭，全神貫注。

而就在這一刻，從他後衣領處裸露出來的一小截頸項上，似是有某種暗紅色的光芒，正在微微閃爍。

年輕人沉默地注視著那一抹紅色微光，玄色瞳眸微微一動，漸漸瞇了起來。

也不知是不是錯覺，他的眼神，好像……似乎……變得有點可怕，就彷彿是被這閃爍的紅色微光所觸動，俊美的面龐瞬間緊繃了起來，眉宇間流露出一絲冰冷的殺意。

他輕輕一抖手腕，從袖口落下一柄短劍，剛好握在掌心裡。

可是握劍的手，遲遲未有任何行動。

「阿夜，我、我彈得好嗎？可有彈錯？」

一曲終了，小小少年抬起頭，害羞地紅著臉，一雙黑亮的大眼睛筆直望向他。

年輕人微微一愣，立刻收回短劍，冰冷的面容也隨之緩和下來。

看著少年漲紅的小臉，一副又是期待又是羞赧的緊張模樣，他忍不住「撲哧」一聲笑了出來，溫言道：「彈得很好，沒有彈錯。」

年輕人伸手摸了摸少年的頭髮，愛憐之情溢於言表。

受到了褒獎，還被摸了頭，小小少年的臉更紅了，小聲喃喃地問：「阿夜，我、我可以每天來這裡跟你學琴嗎？我會很認真很努力地學。」

年輕人笑了笑，蹲下身，道：「好，只要你願意來，我可以每天教你。」

小小少年又興奮又激動地撲了過去，一頭鑽進年輕人的懷裡，滿是幸福的模樣，連聲道：「太好了！太好了！」

年輕人溫柔一笑，低頭看著依偎在懷裡的少年，不語。

又是一年冬天。

仍舊是漫天飛揚的鵝毛大雪。

進京趕考的書生垂頭喪氣地從一家客棧慢吞吞地走出來。

「怎麼樣？」

站立在客棧大門前的年輕人含笑望著他。

書生搖搖頭，嘆口氣，沮喪道：「這裡是入京的必經之地，所有赶考的考生都會經過此地，又恰逢十多年不遇的大雪，大家都是早早投宿。掌櫃說，不用再白費力氣找了，方圓十里所有客棧肯定都滿了，不可能還有空房。」

說罷，書生又是一聲嘆息，滿臉歉然道：「阿夜，對不起，連累了你，都是我不好，非要拉著你一起進京，現在連個落腳之處都沒有。」

年輕人仍是微笑，絲毫不以為意，搖搖頭，說：「小默，別這樣，是我自己決定陪你，並不是你拉著我來的。」

「可是、可是現在……」

「放心，總會有辦法的。」

年輕人拍了拍書生的肩膀，安慰道。

當天夜晚，書生與年輕人找到了一處可以避風的林子，搭起篝火，隨後取出事先準備好的烤鴨與燒酒，在雪地裡飲酒吃肉，一邊開懷暢談。飲至酒酣耳熱，談至興味正濃，雙雙仰天大笑。

正所謂塞翁失馬，焉知非福。

這樣一個酣暢淋漓的快樂夜晚，也著實是一個令人難以忘懷的美好經歷。

平日極少飲酒的書生喝得微醺微醉，雖然有點意識朦朧，但是在體內酒精蒸騰的作用下，驅逐了這冬夜的寒意，感覺全身暖融融的。

不知不覺，他倚著年輕人的肩膀，漸漸睡了過去。

年輕人抖落外衣上的積雪，細心地蓋在書生身上。

大概是睡得舒服了，書生順勢滑倒下來，將頭枕在了他的腿上。

聽到耳邊發出均勻的鼻息，看著那張安詳的睡容，年輕人不禁莞爾一笑。

隨即，視線又落在了書生的頸側。

雖然加過封印，但是後頸處那塊紅色印記，仍是變得越來越醒目了。

隨著輪迴，沉睡在他體內的混沌，也正在漸漸積蓄力量。終有一天，等到靈力恢復，混沌會再次甦醒過來。

而到那個時候……那個時候……

幽深的瞳眸暗沉了下來，落寞的神情中夾雜著諸多複雜不明的情緒。

而這些情緒，在良久的靜默之後，最終化為了一聲長長的嘆息。

年輕人一言不發地抬起頭，蒼茫夜色中，細碎的飛雪飄落他的面龐。

他閉起眼睛，忍不住用力抱緊了一下正在熟睡的書生。

那一年，戰火紛飛。

受到戰爭波及，原本安寧的小城鎮陷入了一片狼藉。

老弱婦孺倉惶避難，有志青年立誓從軍，保衛家園。

可是終究，城鎮還是淪陷了。

敵軍占領那天，火光四起，家毀人亡，視線所過之處滿目瘡痍。

穿一襲長衫的年輕人，面容緊繃，匆匆走在殘垣斷壁之間，到處搜尋。

「小默！小默！」

他翻起瓦礫，查看倒下的石牆，在廢墟中左右環顧。

「小默！小默！小默！」

伴隨著此起彼伏的槍聲，他似乎沒有絲毫畏懼。

唯一讓他擔心的，只有那個孩子的安危。

不多時，年輕人終於在一面搖搖欲墜的危牆下，看到了他要找的那個人。可是那個一身戎裝的青年，已是滿身鮮血。

「小默！」

年輕人將倒地的青年扶起，看了看。

右腿中槍，左肩中槍，肋骨處有很深的刀傷。

傷口不斷地溢出鮮血，青年面色蒼白如紙，聽到有人喚著自己的名字，迷迷糊糊地清醒過來，等到看清眼前之人時，駭然大驚。

「阿夜？你……你……你怎麼還……還沒有走！」

青年喘著氣，費力提高聲音，似是想要斥責，可是實在沒有力氣。

年輕人平靜地笑了笑，道：「小默，我早就說過，你不走，我也不走。」

「你、你……你這個笨蛋！」青年怒視著他。

「嗯，我是笨蛋。」年輕人點點頭。

「怎麼……怎麼會有你這麼愚蠢的人……」

「嗯，我愚蠢。」

年輕人微笑，語氣淡淡。

青年閉起眼睛，喃喃道：「阿夜，我現在恐怕……走不了了……」

「別怕，我陪你一起。」年輕人將他扶了起來，半坐在地上。

「你……你這又是何必……」青年嗆出一口血，苦笑著搖搖頭，說，「阿夜，你要……要活下去啊……就算為了我，也要好好活下去……」

說著，青年伸出沾滿血水的手掌，又恨又惱地揪住了年輕人的衣服，還想再說點什麼，可是眼角，已經忍不住滲出了淚水。

這眼淚，並不是為自己流的，而是為身邊這個不願意撤離的笨蛋。

年輕人當然明白，可是並未應答，只是如往常般微微一笑，語氣溫柔地輕聲哄道：「小默，什麼都別說了，你傷得很重，好好休息，我帶你離開這裡。」

語畢，他在青年眼前輕輕一拂。

青年迷茫地看著他，慢慢失去了意識。

年輕人小心翼翼地將他橫抱了起來，隨後轉過身。

身後，不知何時已經被一群敵人團團包圍住。

年輕人鎮定自若地笑了笑，佇立在一片硝煙之中，沉靜淡然地看著眼前那十幾個黑洞洞的槍口。

忽然，「嘩」的一聲震響，但見一雙遮天蔽日的巨大黑色羽翼從他雙肩後方筆直伸展而出。

剎那間，所有人都驚呆了。

「妖、妖怪？這……這是妖怪啊！妖怪啊！」

片刻的死寂之後，終於有一個人如夢初醒，驚慌失措地大叫了起來。他後退了幾布，端起步槍，對著年輕人一陣胡亂掃射。

看到他開了槍，所有人都反應過來，也紛紛開始射擊。

可是鋪天蓋地的子彈竟然絲毫沒有射中。

年輕人仍舊穩穩地抱著手裡的青年，從容不迫地往前邁著步子。

所有射出的子彈，全數反彈了回去。

不少人中彈倒地，也有人尖叫著棄槍逃跑，還有人仍在堅持射擊。

在這一片兵荒馬亂之中，那帶著一雙黑色羽翼的背影，漸漸消失在了巷子盡頭。

第九章 混沌

三生三世輪迴的記憶，如同驟然掀起的滔天巨浪，衝破封印的枷鎖，紛紛湧進我的腦海，我……什麼都想起來了……

全都……全都回憶起來了……

包裹在四周圍的黑色潮水，漸漸褪去。

我從一片黑暗中尋到一絲光明，緩緩地，睜開雙眼。

清醒後的第一個感覺，便是劇烈的疼痛。

好疼，渾身上下都在疼，完全不能動彈，只稍微一動，就會立刻牽扯出一陣撕心裂肺的劇痛。我只能喘息著，用盡力氣，緩慢抬起頭。

視線有點模糊，不過仍然可以辨認出來。

我現在身處在一個房間裡，是……是在我的臥室。

可是如今，這間曾經再熟悉不過的臥室，從天花板到牆壁，從窗戶到地板，上上下下裡裡外外，被無數道帶著銳利尖刺的青色藤條滿滿占據。

而那些縱橫交錯的藤條，在盤踞了房間之後，又穿透了我的身體，從左側腳踝，到右側大腿，從左手手腕到右手掌心，還有兩根藤條，直接穿過了我的鎖骨和肋骨，將我整個人牢牢固定在屋子中間。

所以我不能動，一動就立刻疼得撕心裂肺。

血，赤紅的鮮血，從傷口汩汩流出，順著青色藤條一滴一滴地淌落下來，在我懸空的腳下彙聚成了一灘怵目驚心的血泊。

「嗚……」

我咬著牙，從喉嚨裡發出一聲悶哼。

身體因為劇痛而不停地發抖。

「小默，是你嗎？你清醒過來了嗎？」

一個男人的聲音，自房門口響起。

我抬起視線，在一片昏暗中看到了一襲紅衣。

蓮快步走了進來，仔細看了看我。

「太好了，看來之前給你服下的藥物終於起了點作用。」

在確認真的是我之後，他鬆了口氣，隨後又愧疚地說：「小默，對不起，你之前意識全無，混沌狂暴不堪，九夜又身受重傷，我根本壓不住那發狂的妖獸，只能趁著他因藥物作用進入短暫休眠的時候將你捉住，並且……用了這種殘忍的辦法將你禁錮起來……對不起……」

「你並沒有做錯什麼，不用道歉。」

我虛弱不堪地搖了搖頭。確實，如果沒有及時制住混沌，那傢伙發狂起來，也許會再次傷到九夜，甚至傷害阿寶。

我看了看自己仍然突兀賁張著的手臂肌肉、遍布全身的青筋紋路，以及如同獸爪一般淩厲尖銳的五指。

我知道，此時此刻，自己的臉，一定也猙獰異常。

雖然混沌暫時陷入了休眠，但是他的模樣仍在，並沒有消退。

而我也只是暫時恢復意識，等到藥物作用散去，混沌就會再次醒過來，到那個時候，恐怕我就會……徹底消失了吧……

我急促地喘息了幾口氣，問：「阿夜他怎麼樣？」

「傷得很重。」蓮搖了搖頭，說，「恐怕暫時醒不過來。」

我痛苦地閉了下眼睛，又問：「你的藥，作用能持續多久？」

「不會很久，最多只能支撐一天。」蓮嘆了口氣。

只有……只有一天嗎？

也就是說，我只剩下了……最後二十四個小時？

二十四小時後，那個寄居在我靈魂裡的妖獸混沌，將會徹底占據這具身體。

完全恢復力量的混沌，到時候會做出什麼事情來？

他應該不會放過九夜吧？而九夜現在又傷得那麼重……

片刻之間，心緒紛亂，越想越擔心。

擔心九夜，擔心阿寶，擔心球球，也擔心齋齋……

擔心著他們會不會在我消失之後遭遇不測？

沉默了好一會兒，我問：「有沒有什麼辦法，可以讓我和混沌一起消失？」

「你說什麼？」蓮一愣，愕然地看了看我。

我淡淡地笑了笑，平靜地說：「反正，我遲早都要死，與其死後讓這傢伙為所欲為，不如趁現在我還有意識，拖著他一起死，這樣我死也瞑目。」

蓮一時間沒有說話，臉上神色複雜。

不過他應該明白，這個提議，是目前最好的辦法。

猶豫了片刻，蓮說：「那把斬魂劍，我不知道被九夜藏在哪裡，而如果，我現在殺了你，恐怕……九夜也不會饒過我吧。」

「那黃泉水呢？」

「黃泉水？」蓮一愣。

我說：「雖然是寄居在我體內，但是混沌也是妖獸，對於妖獸來說，黃泉水都是劇毒，所以，如果我喝下黃泉水，也會有用吧？」

蓮喃喃道：「沒錯，喝下黃泉水，確實會有用。可是這樣，你也會死得很痛苦，體內五臟六腑被漸漸侵蝕，最後吐血而亡……」

我笑了笑，說：「這些年來，生生世世的輪迴，阿夜為我做了那麼多，犧牲了那麼多，也該是……輪到我為他做點什麼的時候了。無論如何，我絕不能讓混沌再傷害他……所以，只要能殺死混沌，怎麼樣我都願意。」

蓮看著我，沉默了一下，道：「好，我成全你。」

沒過多久，蓮取來了一個玻璃瓶，瓶中裝滿了赤褐色的混濁液體。

黃泉水，我曾經見過一次，沒想到如今要親自嘗一嘗它的滋味了。

帶刺的青色藤條一根一根從我身體裡抽離，傷口迸裂，赤紅的鮮血噴灑滿地。

被束縛的手腳重新獲得了自由，我卻暫時無法動彈，整個人跪在地上，蜷縮著身體，抽搐了許久，椎心刺骨的疼痛才終於稍微緩和一點。

蓮將玻璃瓶遞給我，道：「你自己決定吧，你還有一天的時間做選擇。」

我點了點頭，道了謝，鮮血淋漓的手掌顫抖著接過了玻璃瓶。

蓮低頭看著我，張了張嘴，欲言又止。

他最終什麼話都沒說，只是嘆息了一聲，轉身走出房間。

我扶著牆壁搖搖晃晃地站了起來，透過半開的窗簾看向屋外。明亮的晨曦正從東方天際徐徐綻開，將漆黑的夜色悄悄撕裂。

還有二十四個小時，到明天的黎明時分，我便將魂飛魄散，永遠消失。

在這一天的時間裡，我還能做什麼？

生命中的，最後一天。

我淒然一笑，低頭看了看自己的手，哦，不，確切說，應該是爪子。

那雙尖利的獸爪猙獰得刺目，我更加沒有勇氣去照鏡子看自己的臉，而只是默默打開衣櫥，從裡面翻出一件寬大的長版外套裹在身上，遮住了滿身的傷口，同時也遮住了青筋暴突的赤褐色皮膚。

裹著外套，我一步一步，顫顫巍巍地走出了臥室。

門外，站著一個小小的熟悉的身影。

可是一看到我出來，那個小小身影便立刻躲到了另一個房間的房門後。

他小心翼翼地探出圓圓的腦袋來，似是驚恐害怕，又似難過悲傷，呆呆地望著我，忽然小嘴扁了扁，淚水洶湧而出。

我張了張嘴，想要喚一聲「阿寶」，可是一想到自己此時此刻的恐怖模樣，看到阿寶害怕的眼神，聲音便卡在了喉嚨裡。

影妖從阿寶背後跳出來，也眨著眼睛看著我，沒有上前。

我忽然感覺說不出地難受，轉身離開了。

我很想去探望九夜，可是我怕去了之後我便捨不得死，捨不得離開，所以最終，我只是在房門前停留許久，沒有進去。

我緊緊握著口袋裡的黃泉水，快步走下樓梯。

踏出家門的時候，我忽然聽到背後響起了一聲大喊。

「小默默！小默默！嗚嗚嗚……小默默……小默默……」

阿寶失聲大哭，跟在後面追我。

我咬牙忍著淚，加快步子，頭也不回地離開了。

早上七點三十分。

旭日東昇的大街上，人潮漸漸多了起來。

新的一天，又開始了。吹著晨風，沐浴著朝陽，我獨自走在摩肩接踵的人群之中，風聲從而耳邊呼嘯吹過，掀起了寬大外套的衣領。

旁邊的路人投來驚恐的目光，人潮慌亂地往兩邊退開，我突然間意識到了什麼，趕緊將外套的帽子扣在頭上，壓低帽檐，隨後戴上準備好的口罩，將自己的整張臉、整個人，從頭到腳嚴嚴實實地裹了起來。

因為如今，我已經連「人」都不是了。

我嘲諷地苦笑了下，低著頭，蓋著臉，孤獨地走在熙熙攘攘的人群裡。

生命中的最後一天，留戀的事物太多太多，我慢慢走過了許多地方。

有小時候父母經常帶我去的江濱大道，我佇立在那裡呆呆地看著江景，看著江上船隻來往；我去了曾經的中學和大學，不過沒有踏進去，只是站在校門口，隔著圍欄，遠遠地望著裡面，望著操場上奔跑嬉鬧的學弟學妹。

我走過了一條條曾經無比熟悉的街道，路過商鋪，路過學校。

夕陽西下的時候，我走進了一直以來最最喜歡的那家麵包店。

麵包店老闆娘並沒有因為我奇怪的穿著打扮而態度冷淡，仍舊是那樣和藹地招呼我，只是她絲毫沒有認出我來。我買了平時最愛吃的奶油菠蘿麵包，將剛出爐的麵包還冒著騰騰熱氣，捧在戴著手套的掌心裡。

濃郁的奶油香氣隨著微風飄散在鼻尖，我一如學生時期，放學後買了麵包，沿著那條再熟悉不過的小路，慢慢往回家的方向走去。

走到家門口，我抬起頭看向家裡的窗子。

暮色籠罩，窗內已經亮起了暖黃色的燈光。

透過燈光，我彷彿看到了母親正在廚房裡忙碌做菜的身影，彷彿看到了父親坐在沙發上戴著老花眼鏡看報紙的模樣。

突然鼻子一酸，我忍不住哭了出來，又立刻擦乾了淚水。

事到如今，我已經沒有退路，我必須要勇敢地面對。

平復了一下情緒，我摸出手機，撥通了家裡的電話。

接電話的是父親，他「喂」了好幾遍，我才終於應了一聲。

「爸，是我。」

「小默？」

「嗯。」

「怎麼了？這個時間打電話來，是要回家裡吃飯嗎？正好你媽——」

「不是的。」父親說到一半，我打斷道，「爸，我打算出去長途旅行。」

「哦，旅行啊，是和阿夜一起去嗎？」

「不是，我一個人去。」

「一個人去長途旅行？」父親關切地問，「小默，你怎麼了？是遇到什麼不順心的事情了嗎？」

「沒有，只是……想出去走走。」我搖搖頭。

父親沉默了片刻，道：「出去見識見識也好，歷練一下，只是路上要注意安全。」

「嗯，我會的。」我點頭，道，「爸，這次我可能會出去很長很長一段時間，也不知道幾時會回來，你和媽……要保重身體……」

父親笑了起來，說：「我們兩個你就不用擔心了，放心吧，沒事的。」

「嗯……」

我也笑了，可是笑著笑著，又落下淚來。

掛了電話之後，我一邊哭著，一邊躲在角落裡啃完了麵包。

夜幕降臨，天色已經全黑了下來。

我踽踽沿街而行，找到了一個廢棄倉庫，從半掩的鐵門裡鑽了進去。

倉庫很暗，沒有一絲燈光，只有從門縫裡斜射進來的清冷月光，寂寥無聲地照耀在死灰色的水泥地面上，綻出一片刺目的炫白。

我疲憊地靠著一堆廢棄的鋼材，慢慢滑坐下來。

從口袋裡摸出了那只玻璃瓶，玻璃瓶是半透明的，可以清晰地看到裡面微微晃動著的赤褐色液體。

液體還在咕嚕咕嚕地翻騰著一個個小氣泡。

曾經，九夜為了我，喝下黃泉水。

而如今，為了他，我也願意。

只是……只是覺得……

好捨不得啊……

捨不得離開這個世界，捨不得父母和朋友，捨不得阿寶和影妖……

更加捨不得……離開九夜……

生生世世的緣分，到此為止了。

我再次流下淚來，一閉眼，一仰頭，將黃泉水一飲而盡。

「你在幹什麼！」

耳邊突然響起一聲嘶啞的暴喝。

腦海中迴盪起了混沌的聲音，它在憤怒地咆哮。

我笑了笑，淡然道：「不幹什麼，就是拉著你一起去死而已。」

「你！你……嗷嗷嗷嗷……」

剎那間，尖銳的怒吼聲幾乎震破了我的耳膜。

我感覺到似乎有一團烈火，在體內熊熊灼燒了起來，燒得我氣血翻騰，難以忍受。

我猛地噴出一口血，整個人無力地倒在了地上。

五臟六腑如同被火焰炙烤著，我緊抓著衣服，整個人蜷縮成一團，痛苦地在地上打滾，渾身上下每一條神經都在撕扯著，叫囂著，疼得彷彿窒息一般。

原來、原來這就是……被黃泉水侵蝕內臟的滋味啊……

我咬緊牙關，顫慄著，喘息著，可是疼痛越來越劇烈，如同被鐵鞭抽打，被獠牙啃噬，這滋味透心蝕骨，我還是忍不住從喉嚨裡發出了一聲聲哀號，繼而鮮血大口大口地從口鼻中噴湧而出，吐得滿地都是。

如此這般，煎熬了不知道多久，大腦早已經一片空白。

疼痛如同身體與生俱來的一部分，所有知覺都已經麻木。

而體內混沌的嚎叫，也不知道在什麼時候漸漸止歇了。

我昏昏沉沉地倒在冰冷的地面上，空洞而木然地睜著眼睛，卻什麼都看不見，什麼都聽不見，只能感覺到刺骨的冷風從倉庫門縫裡席捲而來。

結束了嗎？

一切，終於，都結束了嗎？

現在唯一剩下的，便是等我在這裡，一個人孤零零地死去。

從此灰飛煙滅，永永遠遠地……消失。

口中滿是濃濃的血腥味，我氣若游絲地喘息著，很努力地微微牽動了一下嘴角，想要在生命的最後，留下一個笑容。

想要證明，這個世界很美好。

此生，沒有白來。

可是，我笑不出來。

反而有溫熱的液體，順著眼角一顆顆淌落。

意識逐漸模糊，陷入一片無邊的黑暗。

啊，好捨不得啊……

好捨不得……

捨不得離開你……

阿夜……

尾聲

今宵異譚

こよいいたん

清新的微風吹拂山林，明媚的陽光鋪灑大地。

一條山澗小溪淙淙淌過，發出清脆悅耳的水流叮咚聲。

蒼翠茂密的山林裡，有一個六、七歲的小男孩，惶惶不安地環顧四周，踉踉蹌蹌地在林間奔跑。

「不要！不要過來！不要追我！不要追我！嗚哇啊啊！」

男孩驚慌失措地大叫。

只看到身後不遠處，有一團奇怪的黑色毛球正一蹦一跳地追著他。

那團毛球大約有籃球大小，上面還長著一對綠色的大眼睛，眼睛下方有道長長的縫隙一咧，兩角彎彎，居然是張嘴巴，裡頭露出了兩排雪白的小牙齒。

黑色毛球眨著眼睛看著男孩的背影，帶著一臉惡作劇般的壞笑。

「不要……不要追我……嗚嗚嗚……」

男孩嚇得哭了起來，腳下仍然不敢停留，只能一邊哭著，一邊在山林裡奔逃，突然腳下一滑，整個人失去重心，差點就從旁邊的斜坡翻滾下去。

幸好被一雙手臂及時攔腰抱住。

「球球，不准胡鬧。」

一個低沉悅耳的嗓音自背後響起。

男孩回過頭，看到了一個面帶微笑的年輕人。

年輕人將男孩輕輕攬在懷裡，摸了摸他的頭髮，柔聲道：「別怕，沒事了。」

男孩粉嫩的小臉上還掛著濕答答的淚痕，一雙漂亮的大眼睛直愣愣地看著他。

「怎麼，你迷路了嗎？」

年輕人笑起來的模樣，真是又好看又溫柔。

他屈起食指，輕輕拭去了男孩臉上的淚水。

男孩咬著嘴唇，微微紅著臉，膽怯又害羞地點了點頭。

「如果你願意的話，我帶你去找爸爸媽媽，好嗎？」

說著，年輕人向他伸出了手。

男孩往後退了一步，停頓片刻，看了看眼前那隻白皙修長的手，又抬頭看了看面前的年輕人。

柔和的陽光下，年輕人微微笑著，沒有再說什麼，只是溫柔地注視著他，安靜地停在原地等待。

男孩小心翼翼地往前踏了一步，又踏了一步。

猶豫了幾秒，他伸出小手，放在了年輕人的掌心裡。

年輕人握住他的手，將男孩抱了起來。

男孩乖巧地伏在他的肩膀上，摟著他的脖子，往後面望過去，看到那團調皮的黑色毛球做了個鬼臉。男孩嚇得一縮，躲進了年輕人懷裡。

「不用擔心，我會帶你離開這裡。」

年輕人微笑著，抱緊懷中的男孩，走在山林小路上。

不多時，男孩壯著膽子慢慢探出腦袋，發現那團黑色毛球已經不見了。

他鬆了口氣，目光一轉，又看到一個和自己差不多年紀的小男孩。

這男孩沒有穿褲子，只在身前圍了一塊紅色肚兜，露出白白胖胖的手臂和圓圓的臉孔，跟在後面亦步亦趨，還對著他咯咯嬉笑。

他疑惑地看著光屁股的男孩，看著看著，男孩又不見了。

絢爛的陽光照耀大地，給山林萬物鍍上了一層朦朧的金輝，就在這片金輝閃耀之中，男孩趴在年輕人肩上，好奇地東看西看。他一會兒看到七彩斑斕的飛鳥穿過竹林，一會兒看到小花鹿在溪邊飲水，可是那隻小花鹿，居然有兩顆頭、兩張嘴，一張嘴在飲水，一張嘴在吃草。

而草地上，居然還有兩條金魚在散步。

那的確是金魚，只不過身子底下長著兩條像鴨子一樣帶著蹼的細腿，一步一步地，走在綠油油的草地裡。魚嘴裡吐出了幾顆圓圓的大水泡，慢悠悠地飄浮起來，飄到了男孩眼前。

男孩伸出手指，輕輕一戳。

啵！

水泡破了，頓時化為色彩繽紛的水珠四散飛舞，在陽光底下閃閃發亮。

男孩驚奇地瞪大雙眼，興致勃勃地欣賞著周圍新奇有趣的事物。年輕人回眸看看他，淡淡一笑。

微薰的山風在明媚暖陽裡徐徐吹拂，清澈的溪水在山澗叮咚流淌。

一路上，男孩安心地蜷在年輕人懷裡，不知不覺摟緊了雙臂，親膩地蹭著他的頸子。年輕人低下頭，男孩害羞地望著他，甜甜地笑了笑。

「你啊，以後不要再這樣亂跑了。」

年輕人將男孩放了下來，指了指前方，道：「那裡有一座橋，看到了嗎？走過那座橋，不要回頭，就能看到你的爸爸媽媽了。」

順著年輕人指的方向看去，一座——哦，不，確切地說只有半座——朱紅色的斷橋，突兀地架在山林間，幽幽地閃爍著紅光。

「不要怕，去吧。只要走過橋，就能回到你原來的世界了。」

年輕人蹲下身，微笑著輕撫男孩柔軟的黑髮。

可是不知道為什麼，男孩牢牢抓著他的衣服沒有放手。

「怎麼了？」年輕人看著他。

男孩沒有說話，再次撲進了他的懷裡，依偎著不願意離開。

年輕人一愣，溫柔的目光漸漸變得沉靜而有些許迷離。

「放心，我們會再見面的。」

彷彿是自言自語般地低聲喃喃著，他將男孩緊緊擁在了懷中。

「真的嗎？」男孩抬起頭。

「嗯，真的，我保證。」

年輕人笑了笑，道：「等你長大後，我會去找你。」

男孩戀戀不捨地望著他，輕聲道：「我們……我們來打勾勾……」

「好，打勾勾。」

年輕人微笑著，抬起手。

金燦燦的陽光下，一大一小，兩個人的手指勾在了一起。

微拂的清風中，男孩走上了朱雀橋。

年輕人佇立在原地，目送著那個熟悉的小小背影遠去。

身後，忽然響起了一個聲音。

「真是沒想到，那天晚上你居然用自己的上古元神，換取了那孩子的靈魂。」

不知何時，林子裡出現了一個身穿一襲紅衣的年輕男人，抱臂斜倚在樹幹上，神情複雜地看著前方那個修長的身影，嘆息道：「這樣做，值得嗎？」

「值得。」

年輕人沒有回頭，只是淡淡回了一句。

紅衣人搖搖頭，又說：「可是失去元神，你會變得和普通人類一樣，壽命只不過短短百餘年。」

「一百年，夠了。」

年輕人仍舊凝望著男孩消失的方向，淡然而平靜地笑了笑。

「夠我再守護他一生一世。」

——《今宵異譚05沉默之夜》完

——《今宵異譚》全系列完

後記

今宵異譚

こよいいたん

大家好，我是四隻腳。

很高興能夠和大家在這裡見面。

因為看到這裡，就意味著大家已經把這個系列看到了最後一集，非常感謝大家一路以來的支持，以及對這個系列的喜愛。

《今宵異譚》這個系列，斷斷續續寫了有一年多時間。

一路跟隨的老讀者大概知道，其實這個系列，原本只是在網路上連載的一個個小故事，當初寫的時候信手拈來，只是想給大家當個睡前讀物，也沒有想過會變成系列。後來有幸得到出版社厚愛，這個故事得以出版。

而一開始，我也完全沒想過會變成長篇。

還記得在去年夏天的簽名會上，我曾經說過這是個短系列，預計只有三集，可是後來越寫越長，遠遠超過了三集，這也是我始料未及的。

爆集數，也表明了我對這個系列的喜歡。

無論九夜也好，小默也好，白澤也好，顧昔辰也好，還有阿寶和影妖，裡面的每一個人物我都非常喜歡，也都有努力去塑造每個角色的個性。

喜歡惡作劇的影妖、調皮活潑的阿寶、冰山美人型的顧大明星、口是心非的超級傲嬌大白狗狗，以及溫潤善良、看似平凡卻又不平凡的人妻型主角沈默，當然，還有我們那位神秘莫測、溫柔專情、又有點小腹黑的九夜大人。從內心來講，我希望他們的故事可以永遠繼續下去。

不過就像九夜說的那樣，天下沒有不散的宴席，故事總是要有結局的。

關於這個結局，我知道很多人看了之後大概會要來哭訴了，拜託，千萬不要給我寄刀片，我覺得這是個ＨＥ，百分百的ＨＥ！請看著我真誠的雙眼！

由於有些讀者拿到書之後會習慣性地先看後記，所以這裡不方便透露結局。

但我還是想說說自己的想法，因為這個故事，主角沈默的身分設定，從一開始我就是想好的，所以寫的時候，也一直在思考，這樣的設定，該安排怎樣一個結局才算圓滿？要給出一個完美答案而又劇情顯得不突兀，真的很難。

於是一邊想一邊寫，一直寫到第五集的最後，我決定了現在這樣的結局。

我向大家承諾過我永遠不會寫悲劇，所以我不會食言。

從某種程度而言，我覺得這樣一個結局，算是圓滿的。

而至於九夜和小默之後的發展，還有白澤和顧昔辰的後續嘛……

咳咳，接下來，我要宣布一個重磅消息啦！

那就是，《今宵異譚》系列將會有一本番外唷！

目前這本番外正在寫作中。

由於這本番外是以同人志的型式出版，所以詳細情況，以及具體購買方式，大家可以關注一下我的臉書粉絲專頁。

只要在FACEBOOK上搜尋「四隻腳」，就能找到我的粉絲專頁。

《今宵異譚》的番外預購活動，以及最近的進展狀況，到時候我都會在粉絲專頁上一一公布，感興趣的話，大家可以留意一下。

最後，再一次感謝。

感謝大家的一路支持，感謝厚愛。

後記寫到這裡，已經是二〇一八年的年底了，又是一年即將過去。

希望在新的一年裡，我的故事可以給大家帶來更多歡樂，也希望大家能夠繼續喜歡我的故事，當然，我也會繼續努力加油的。

作為一個低產型作者，新年願望就是，二〇一九年可以多寫幾本書。
最後的最後，提前祝大家新年快樂！

四隻腳
二〇一八年十一月二十一日

高寶書版集團
gobooks.com.tw

輕世代 FW297

今宵異譚 卷五 沉默之夜(完)

作　　者　四隻腳
繪　　者　zabu
編　　輯　林紓平
校　　對　任芸慧
美術編輯　林鈞儀
排　　版　彭立瑋

發 行 人　朱凱蕾
出　　版　英屬維京群島商高寶國際有限公司臺灣分公司
　　　　　Global Group Holdings, Ltd.
地　　址　臺北市內湖區洲子街88號3樓
網　　址　www.gobooks.com.tw
電　　話　(02) 27992788
電　　郵　readers@gobooks.com.tw（讀者服務部）
　　　　　pr@gobooks.com.tw（公關諮詢部）
傳　　真　出版部　(02) 27990909　行銷部 (02) 27993088
郵政劃撥　50404557
戶　　名　三日月書版股份有限公司
發　　行　三日月書版股份有限公司/Printed in Taiwan
初版日期　2019年1月

國家圖書館出版品預行編目(CIP)資料

今宵異譚 / 四隻腳著.-- 初版. -- 臺北市：高寶國際, 2019.01-
冊； 公分. --

ISBN 978-986-361-610-8(第5冊：平裝)

857.7　　107007005

◎凡本著作任何圖片、文字及其他內容，未經本公司同意授權者，均不得擅自重製、仿製或以其他方法加以侵害，如一經查獲，必定追究到底，絕不寬貸。

◎版權所有　翻印必究◎

三日月書版

三日月書版

GOBOOKS
& SITAK
GROUP©